HAYMON taschenbuch **118**

Auflage:
4 3 2
2016 2015 2014 2013

HAYMON tb **118**

Originalausgabe

www.haymonverlag.at

ISBN 978-3-85218-918-5

Umschlag- und Buchgestaltung, Satz:
hœretzeder grafische gestaltung, Scheffau/Tirol
Coverfoto: www.shutterstock.com/tepic
Autorenfoto: Andrea Schütz

Gedruckt auf umweltfreundlichem,
chlor- und säurefrei gebleichtem Papier.

Jacqueline Gillespie

Schade um die Lebenden

Ein Schneeberg-Krimi

Jacqueline Gillespie

Schade um die Lebenden

1

Die Himbeeren waren schon reif, wie damals das ganze Unglück über Neiselbach gekommen ist, das weiß ich noch. Ich hab nie mehr davon reden wollen, weil ich von Tratscherei nichts halt. Jahr und Tag wird schlecht geredet über die Leut, das hat die Großmutter allweil gesagt, das hab ich mir ein Lebtag lang zu Herzen genommen.

Außer den Meinigen hier oben am Hof hab ich tagelang niemand mehr gesehen gehabt. Wenn es so heiß ist, spazieren die Leute nicht bis zu uns herauf, nur im Frühjahr und im Herbst tun sie das öfter, das hat mit den ersten und den letzten schönen Tagen vom Jahr zum tun. Da rennen die Städter überall herum und nehmen ihre Hund nicht an die Leine und pudeln sich auf, wenn der unsere sie anbellt. Dass bei unserer Einfahrt das Schild „Scharfer Hund" steht, passt ihnen auch nicht, weil sie sich da richtig fürchten, wenn unser Wolfi um die Ecke kommt, so groß und dunkelhaarig wie der ist. Und wenn man ihnen sagt, dass hier überall Jagdrevier ist, heißt es, dass ihr eigener Hund nichts macht. Wers glaubt, wird selig, sag ich dann immer. Wild und Hund gehen nicht zusammen. Wir haben zwar keine Fasanen und Hasen im Revier, aber es ist auch kein Spaß, wenn ein Hund ein Reh oder einen Hirschen hetzt. Grad, wenn im Juli im Revier noch Kinderstube ist, da haben die Rehgeißen ihre Kitze und die Hirschkühe ihre Kälber und brauchen eine Ruh.

Zwei Tage lang hab ich Johannisbeergelee eingekocht, und geschimpft hab ich wie jedes Jahr. Weil es so eine Pitzlerei ist und weil es in dem Jahr fürs Einkochen zu heiß war. Aber was soll man da schon machen? Wie die Gläser in der Stellage im Keller gestanden sind, war ich doch zufrieden – im Winter hat man an sowas eine Freud.

Und weil ich so lang niemand gesehen hab, hab ich mir gedacht, dass der Sohn mich runter zur Heidi bringen soll. Haar schneiden. Die Kusine macht sowas ja auch, die kommt sogar hinauf zu unserem Hof, aber ich wollt hören, was es in Neiselbach Neues gibt. Und weil ich keinen Führerschein hab, muss mich immer wer runterbringen ins Tal. Telefonieren tu ich nicht gern und darauf warten, dass wer auf einen Kaffee vorbeischaut, das hätt mir zu lang gedauert.

Also hat der Sohn mich zur Heidi hingebracht. Bei der Heidi arbeitet ein Mädel, die wascht einem nur die Haar, die Dagmar, schneiden tut die nicht. Haarewaschen mögen die meisten Leut ja nicht, ich aber sehr. Wenn das Mädel mir den Umhang umbindet und fragt, ob sie mich eh nicht okragelt, freu ich mich schon drauf. Der Kaffee, der schmeckt mir auch. Wir haben kein Kaffeehaus in Neiselbach, weil keiner hingehen würd, wir kochen unseren Kaffee alle selber und backen tun wir auch das ganze Jahr. Wär doch schad und eine Sünd, wenn man alles verkommen lassen würd, wo doch ein jeder bei uns Obstbäum hat. Manche von den jungen Leuten probieren neumodisches Zeugwerk. Die kochen das Obst mit Essig und Zwiebel und tun noch Ingwer dazu. Ich hab vergessen, wie man dazu sagt, zum Fleisch und zum Käs isst man das. Also ich brauch das nicht. Noch schlimmer sind die Engländer, die essen zum Lammfleisch Minzmarmelade. Pfui Teufel, das muss erst schmecken. Mir sind meine Preiselbeeren heilig, was anderes kommt mir zum Fleisch nicht auf den Teller.

Das wollt ich jetzt aber gar nicht erzählen, bei der Heidi bin ich stehen geblieben. Die Nachbarin war auch da, die hat sich wieder mit einem Kreuzworträtsel wichtig gemacht. Das macht die immer, aufgelöst hat sie noch nie eines, aber die Heidi und das Mädel müssen immer warten, bis es ihr zu blöd geworden ist, dann dürfen sie ihr die Haar färben. Die beiden haben aber eh mit mir zum tun gehabt, die Heidi hat geschnitten, und das Mädel hat mir dann die Haar auf Lockenwickler gedreht. Eine Dauerwelle, das schaut ordentlich aus, weil die langen Haar, die hab ich mir vor zwei Jahren abschneiden lassen, ich hab sie nimmer aufstecken können, und die Schwiegertochter hat auch nicht immer Zeit gehabt. Wie ich den halben Kopf voller Wickler gehabt hab, ist der Gemeindediener in der Tür gestanden. Der wollt sich auch die Haar schneiden lassen, aber wie er uns zwei gesehen hat, ist er gleich wieder davongelaufen. Die Mannsbilder haben es allweil eilig, das kennt man schon, und geflucht hat er auch, aber das gehört jetzt nicht hierher.

Und die nächsten, die gekommen sind, das waren die beiden jungen Menscher vom Hendlbauern, und das war schad, weil ich da schon unter der Trockenhaube gesessen bin und nichts hab hören können, dabei haben sie was zum erzählen gehabt, das hab ich an ihren Gesichtern erkannt. Ich hab aber trotzdem nicht gesagt, dass ich nimmer unter der Haube sitzen will, weil ich von Tratscherei ja nichts halt. Aber nett war es dann doch von der Heidi, dass sie mir gesagt hat, worum es geht. Dass die Frau Schalott von Schwarz vom Herrenhaus ihren Geburtstag feiern wird. Diese französischen Vornamen sind ja heute groß in Mode. Frau Schalott von Schwarz. Da soll dann noch jemand wissen, wie man die schreibt.

Aber ich glaub, dass man sich jetzt nicht wirklich gut auskennt.

Also, wir hier in Neiselbach haben ein Herrenhaus. Da muss ich immer an Schönbrunn denken. No, so groß ist es nicht, aber fast so schön. Eine große Terrasse mit einem Geländer, wo man eine Rede halten könnt, wenn alle anderen Leut unten auf der Wiese stehen, und rechts und links geht eine Auffahrt zur Terrasse hinauf. Das ist praktisch, weil man da auch einen Rollstuhl raufschieben kann. Und von der Terrasse kommt man dann ins Haus rein, durch die hohen Glastüren. No, putzen möcht ich die ja nicht.

Hier lebt die Familie von Schwarz schon über hundert Jahr. Heut gibt es ja viele, die nur mehr Schwarz zu denen sagen. Davon halt ich nichts, die Großmutter hat auch *von* Schwarz gesagt und ich wüsst keinen Grund, warum man das ändern sollt.

Der letzte von Schwarz, von den Alten meine ich, das war der Herr Eduard von Schwarz. Schönheit war er keine, klein und dick und mit wenig Haar, außerdem ein fader Kerl. Ich weiß schon, wovon ich red, so alt wie heut war ich auch nicht immer. Und seine erste Frau war eine hopatatschige Person, meiner Seel, obwohl man über Tote nicht schlecht reden soll. Aber Wahrheit muss auch wahr bleiben, das hat die Großmutter auch immer gesagt. Der Herrgott hat sie dann aber früh zu sich geholt, Gott sei ihrer Seele gnädig. Die war nicht viel über fünfzig und bei uns in Neiselbach wird man leicht neunzig. Zwei Söhne hat sie dem Herrn Eduard von Schwarz hinterlassen, die beiden waren aber eh schon ausgewachsen, der Maximilian und der Johannes. Der Herr Maximilian hat ja leider viel von seinem Vater, aber der Herr Johannes schaut seiner Mutter ähnlich, und wenn sie auch eine Hopatatschige gewesen ist, eine Fesche war sie allweil.

No, und dann hat der Herr von Schwarz in Deutschland was zum erledigen gehabt. Geschäftlich, glaub ich. Lang ist er wegblieben, das weiß ich, als ob es gestern gewesen wär. Leicht vier Wochen, und wie er im August zurückkommen ist, da hat es die große Überraschung geben. Am Sonntag, oben bei der Kirche in Siebenstein, wie er mit der roten Limousine vorgefahren ist.

In dem Auto ist noch wer drinnen gesessen. Und wie er ums Auto herum ist und die Beifahrertür aufgemacht hat, da ist sie ausgestiegen. Ein Rehlein, hab ich mir gedacht. Ganz was Zartes und so schmal, dass man ihre Mitte mit zwei Händen umspannen hätt können. Hellblau war ihr Kleid, das weiß ich noch, und in der rechten Hand hat sie einen Hut gehalten, so einen großen, runden. Und Handschuh hat sie angehabt, filetgehäkelte, was ganz was Feines. In Neiselbach zieht man Handschuh nur im Winter an, wenn es bitterkalt ist. Das junge Fräulein war die Frau Schalott.

Die hat grad so ausgeschaut wie die junge Fürstin von Monaco, die kenn ich aus den Heftln, die in der Frisurstube Heidi liegen. Die ist jetzt schon lange tot, aber Fotos von ihr druckt man noch immer. Grazia Patrizia hat sie geheißen und eine amerikanische Schauspielerin ist sie gewesen, bevor sie ihren Fürsten getroffen hat.

Manchen in Neiselbach hat das ja nicht gepasst. Dass der Herr von Schwarz sich eine Frau aus dem Ausland genommen hat. In Österreich gibt es auch hübsche Weibsbilder, das hat man immer wieder hören können. Da war es aber zu spät, weil wie die beiden nach Neiselbach kommen sind, waren sie schon verheiratet. Und Ausland! Ich mein, Deutsch hat sie ja können, die Frau Schalott, ein bissel ein komisches halt, weil sie aus dem Ruhrpott war. Aber man hat sie gut verstanden.

Dass der Herr von Schwarz die junge Frau heimgeholt hat, das hat man verstehen können. Dass sie ihn hat wollen, ein wengerl weniger. Da fallt einem immer sein Geld ein, das schöne Herrenhaus und der viele Wald. Davon wird er ihr ja sicher schon in Deutschland erzählt haben. Aber man kann in niemanden hineinschauen, hat die Großmutter immer gesagt, und warum die Frau Schalott ihn hat heiraten wollen, geht ja niemanden was an. Müssen hat sie nicht, nach neun Monaten war noch immer nichts Kleines da. Darauf haben sie noch ein paar Jahr warten müssen, auf den Hubertus. Der war dann eine wahre Freud. So ein hübscher Bub, silberblonde Locken, ganz wie seine Mutter, und die Augen wie der Himmel so blau.

So war das damals. Und jetzt haben die beiden Menscher vom Hendlbauern erzählt, dass die Frau Schalott ein Geburtstagsfest gibt, und auch die Leute vom Ort sind eingeladen. Deswegen sind die beiden zur Heidi gekommen. Eine neue Haarfarb haben sie haben wollen, die eine rot, die andere schwarz. Ich hab noch nie verstanden, wieso man das braucht, schon gar nicht, wenn man jung ist. Aber heut ist alles anders. Überrascht hat mich das schon, weil die Frau Schalott noch nie ihren Geburtstag gefeiert hat. Nur dem Hubertus seine, große Kinderfeste mit Luftballons und Zauberern und jedem Brimborium, das man sich nur vorstellen kann.

Dass ich zu dem Fest gehen werd, hab ich gleich gewusst. In Neiselbach macht man das so. Da feiert man die Feste, wie sie fallen. Wenn es ein Musikerfest oder eine Hochzeit gibt, geht man hin. Zu einem Begräbnis geht man auch. Das ist so Brauch und was Schönes, da trifft man Leut und kann sich unterhalten.

Aber, bei meiner Seel, und der Blitz soll mich treffen, wenn ich die Unwahrheit sag, schon damals hab ich ein wengerl ein ungutes Gefühl gehabt. Als ob was passieren würd. Und das sag ich nicht einfach so dahin. Ich gehör nicht zu den Leuten, die nachher immer alles besser wissen.

Dabei hat mir der Singer-Simon, der Gendarm, die Geschichte mit dem Bachhuber erst später erzählt. Der ist nicht nur ein Gendarm, der ist auch ein Jäger. Eine Eigenjagd hat die Familie und seit der Vater nimmer der Jüngste ist, schaut der Simon auf alles. Da hat man ganz schön was zum tun. Aber der Singer-Simon packt das schon.

Das, was ich jetzt erzähl, ist alles grad einen Tag vor dem Fest passiert. Da ist der Simon auf die Abendpirsch gegangen. Zum Schlag hinauf hat er wollen, beim Bachhuber seiner steilen Wiese vorbei, noch weiter hinauf. Aber auf der steilen Wiese ist der Bachhuber selber gestanden, der hat gleich aufgehört, das Heu zusammenzurechen, hat sich auf den Rechen gestützt und den alten Jagdhut aus dem Gesicht in den Nacken geschoben. Das macht er immer, wenn ihm warm ist. Heuzusammenrechen kann er gar nicht leiden, weil für den Bachhuber alles Unangenehme Weibersache ist. Aber die Frau ist auf der steilen Wiese nicht mehr sicher auf die Füß. Also muss er es selber machen. Ich kann mir gut vorstellen, wie grantig er dabei gewesen ist. Außerdem hat der Simon erzählt, dass der Bachhuber nichts zu trinken mitgehabt hat, kein Bier und keinen Schnaps. Das weiß er so genau, weil der Bachhuber ihn gefragt hat, ob er denn in seinem Rucksack nichts mithat. Für den Tag waren Gewitter angesagt im Radio, und am Abend sind Wolken vom Schneeberg nach Neiselbach herübergezogen. Der Bachhuber hat auf seiner steilen Wiese weiterrechen müssen, sonst wär das Heu beim Regen nass geworden. Die ganze Maht beim Teufel. Eine Laune muss der gehabt haben. Nichts zu trinken und trotzdem arbeiten müssen.

Da ist er auf sein Lieblingsthema gekommen, hat der Simon erzählt, das Politische. Und weil es eine Finanzkrise gibt, hat er über die Wirtschaft auch gleich geschimpft. Wie schlecht es allen geht. Und wer ist schuld daran, hat er zum Simon gesagt, der Jud!

Weil der Bachhuber ein fester Nazi ist.

Ob er schon einmal einen Juden gesehn hat, der was arbeitet, hat er den Simon gefragt. Der Simon hat darauf keine Antwort gegeben, der Bachhuber hat sowieso keine haben wollen, der wollt nur weiterschimpfen. Sind doch alles nur Doktoren oder Rechtsanwälte, die Juden, hat er dann gesagt, und dass sie alles im Tal aufkaufen haben wollen, damals, vor Jahrzehnten, auch die Bauernhöfe auf der anderen Talseite. Und was dann aus der Wogerlfamilie hätt werden sollen. In das alles hat der Hitler dann eine Ordnung hineingebracht.

An dem Tag war der Simon aber selber grantig, Kopfweh hat er gehabt, vom Wetter. Viel hätt nicht gefehlt, und er hätt dem Bachhuber eine getuscht, hat er erzählt. Als ob das bei dem was nützen würd. Aber leid hat es dem Simon noch eine Weile getan, dass er es nicht gemacht hat. Er hat ihm aber Servus gesagt und ist dann weiter, zum Schlag hinauf. Schon längst hätt er am Hochstand sitzen sollen. Wenn es regnet und wieder aufhört, zieht das Wild vom Wald auf die Wiesen hinaus. Nach dem Regen Waidmanns Segen, sagen die Jäger.

Ich glaub ja, es war gescheiter, dass der Simon dem Bachhuber nichts getan hat, das hätt ihm als Gendarm sicher geschadet. Heut kann man ja nimmer, wie man will. Früher, da war man als Dorfgendarm eine Autorität, aber heut ist alles anders, und wegen so einem wie dem Bachhuber braucht man sich wirklich nicht die Hände dreckig zu machen. Das weiß doch eh jeder, dass das alles ein Schmarrn ist, was der Bachhuber daherredet. Grad so, als könnt er sich an früher erinnern. An die Finanzkrise in den zwanziger Jahren und den Hitler. Der Bachhuber ist aber erst sechzig, der war in die dreißiger Jahr noch in Abrahams Wurstkessel.

Noch eine war grantig an dem Tag, das war die Mizzi. Jetzt muss man noch wissen, wer die Mizzi ist, sonst kennt man sich nicht aus. Mit fünfzehn ist sie ins Herrenhaus in Stellung gegangen, heut ist sie fünfundsechzig. Verheiratet ist sie nicht und wohnen tut sie im Herrenhaus im ersten Stock, da hat der Herr Eduard von Schwarz ihr eine kleine Wohnung einrichten lassen. Frau Mizzi wird sie im Herrenhaus gerufen und führt dort seit Jahr und Tag ihr eigenes Regiment. Nicht nur in der Küche, sondern auch sonst. Graue Haar hat sie schon, aber ein stattliches Frauenzimmer ist sie, so wie man es früher schön gefunden hat, bevor alle Welt mit der Hungerei angefangen hat. Im Krieg wär man nicht auf so blöde Ideen gekommen, da wär man froh gewesen, wenn man was zum beißen gehabt hätt.

Grantig war die Mizzi, weil sie müd war. Den ganzen Tag ist sie mit den Leuten aus der Gastronomie herumgelaufen. Kätering, hat sie mir gesagt, nennt man die, und Sorgen hat sie sich gemacht. Sie hat nicht gewusst, was die Leut vom Kätering daherbringen werden. Das hätt Hummer sein können oder Muscheln oder Krebse, irgendwas aus dem Meer. Und wer aus Neiselbach, bittschön, hätt sowas essen wollen? Bei uns braucht das keiner, und es hat ja geheißen, dass wir von hier auch alle eingeladen sind, nicht nur die feinen Leut aus Wien.

Dann hat es aber eh Würstel gegeben und Hendl und Kotelett, das hat schon gepasst.

Also, müd war die Mizzi. Wegen der Steckdosen ist sie herumgerannt, damit das Kätering seine Kabel anhängen kann. Und schauen hat sie müssen, wo die Wasser herbekommen und wo die Tische und die Standln hinsollen. Sie glaubt immer, sie ist für alles zuständig. Und den Haushalt vom Herrenhaus, den hat sie ja auch noch am Hals gehabt. Sechs Erwachsene, dann der fünfzehnjährige Hubertus und die zwei Kleinen vom Maximilian. No, es wohnt ein Schüppel Leut im Herrenhaus. Und die Mizzi backt sogar das Brot noch selber. Weil es halt doch was anderes als das gekaufte ist.

An dem Tag ist sie erst spät am Abend zum Teigmachen gekommen, das hat sie geärgert, weil die Mizzi gern eine Ordnung hat.

Ich glaub aber, dass die Mizzi vor allem bös war, weil die Frau Schalott sie wegen dem Geburtstagsfest nicht als Erste eingeweiht hat. Schon damals, wie der Herr von Schwarz mit seiner jungen Frau aus Deutschland nach Neiselbach zurückkommen ist, hat sie so getan, als ob sie über alles Bescheid gewusst hätt. Aber das hat nicht sein können. Der Herr von Schwarz hat ihr sicher keinen Brief geschrieben oder gar ein Telegramm geschickt, das hätt man in Neiselbach vom Postler gehört, wenn da was gekommen wär. Sie hat aber nicht zugeben wollen, dass sie von nichts was weiß. Was die Familie von Schwarz angeht, ist die Mizzi ein bissel eigen. Eifersüchtig wahrscheinlich, weil alle für sie wie eine eigene Familie geworden sind.

No, beim Brotbacken bin ich stehen blieben. Den ganzen Ärger hat die Mizzi am Teig auslassen, der ist am Ende ganz geschmeidig gewesen vor lauter Walken.

Aber in den Ofen hat sie ihn nicht mehr geschoben, da war es schon nach halb zehn, das war ihr zu spät. Für Milchkaffee ist es der Mizzi aber nie zu spät. Den ganzen Tag steht ein Kaffeetopf am Herd in der Ecke auf der gusseisernen Platte, da bleibt er warm, weil mit Holz geheizt wird. Der Rücken hat ihr wehgetan, die Jüngste ist sie ja auch nicht mehr, da war sie froh, wie sie sich mit ihrem Kaffeehäferl endlich hat hinsetzen können.

Die Küche im Herrenhaus ist groß, weil man früher Gesinde gehabt hat, Knechte und Mägde. Da gibt es einen großen Tisch, leicht sechzehn Leut können da sitzen. Und rechts hinten hat der Herr Eduard von Schwarz der Mizzi eine Fernsehecke herrichten lassen, gleich unterm Herrgottswinkel, wo unser lieber Herr Jesus am Kreuz hängt. Genau drunter steht der Apparat und davor der Schaukelstuhl. Da kann die Mizzi ihre Lieblingssendungen anschauen, die mit der Volksmusik oder die, wo man was gefragt wird und dann was gewinnt. Das ist ihr lieber, als hinauf in ihre Wohnung zu gehen, weil manchmal noch ein Jäger bei ihr vorbeischaut nach der Pirsch, auf ein Bier oder einen Schnaps.

Da ist sie also gesessen und hat sich manches durch den Kopf gehen lassen. In der Küche war schon alles aufgeräumt, da ist die Mizzi eine ganz Ordentliche. Das merkt man schon, weil sie sich oft mit der Hand über die aufgesteckte Zopfkrone streicht, als ob da ein Haar herauslugen könnt. An den nächsten Tag hat sie gedacht, und dass es da für sie leichter sein wird, weil sie kein Mittag- und Abendessen richten muss, weil alle am Fest was zum essen kriegen.

Vor den Küchenfenstern vom Herrenhaus liegt Kies. Und die Mizzi sagt immer, wie praktisch das ist, weil man gleich hört, wenn jemand kommt. Wenn es draußen knirscht, ist wer vor der Tür, da braucht man keine Klingel. An dem Abend hat der Singer-Simon geknirscht. Von der Abendpirsch ist er zurückkommen, da hat er bei seiner Tante auf ein Bier vorbeigeschaut. No, die Mizzi ist die Tante vom Simon, das ist in Neiselbach aber nichts Besonderes, weil hier eh jeder mit jedem verwandt ist. Mehr oder weniger. Von mir ist die Mizzi eine Kusine, eine entfernte.

Vor der Tür hat der Simon die Erde von den Bergschuhen geklopft, dann ist er vorsichtig reingekommen. Die Mizzi kennt da aber nichts. So ordentlich wie sie sonst ist, die Mannsbilder dürfen bei ihr mit den Schuhen rein. Weil man das ja alles zusammenkehren kann, wenn sie wieder draußen sind.

Ganz kariert hat er dreingeschaut, hat mir die Mizzi erzählt, und ein Bier hat er haben wollen, weil es oben am Schlag so schwül gewesen ist. Zum regnen hat es trotzdem nicht angefangen an dem Abend. Aber nicht nur ein Bier hat die Mizzi ihm hingeschoben, sondern auch ein Schmalzbrot und eine Jägerwurst. Weil Essen Leib und Seele zusammenhält, sagt die Mizzi immer. Der Simon hat dann erzählt, was der Bachhuber auf seiner steilen Wiesen so daherredet. Zuerst hat die Mizzi sich nicht ausgekannt. Das wissen doch eh alle, dass der Bachhuber ein fester Nazi ist und viel Blödsinn daherredet, wenn der Tag lang ist, hat sie gesagt.

Aber um den Bachhuber ist es ja gar nicht gegangen. Sondern um den Simon, weil ihm leid getan hat, dass er ihm keine Watschen geben hat. Feig ist er sich vorkommen. Da hat die Mizzi dem Simon einen Teller mit Gugelhupf hingeschoben. Was soll man sonst tun, wenn ein Mannsbild den Seelischen kriegt? Froh ist sie gewesen, dass keine Rauferei dabei herausgekommen ist. Eben wegen dem Gendarmsein.

Es ist eine schwere Zeit gewesen, nicht nur die Jahre mit den Nazis, auch nachher mit den Russen, im fünfundvierziger Jahr. An eine Geschichte hat die Mizzi besonders denken müssen. Wie oben beim Huam-Bauern die Frau aus dem Haus gegangen ist, weil sie nach den Kühen auf der Weide hat schauen wollen. Vergewaltigt haben sie sie, die Russen, gleich ein paar von denen. Und im Ort war man dann auf sie schiach, weil der Huam-Bauer die Russen hat umbringen wollen, wie sie plärrend nach Haus kommen ist. Und das hätt Neiselbach ins Unglück stürzen können. Wo doch die Huam-Bäuerin gewusst hat, dass sie zu Haus bleiben soll. Jetzt ist es passiert und nicht zu ändern, das haben die Männer im Ort gesagt, und dass der Huam-Bauer eine Ruh geben muss. Und die Frauen haben sich nichts dazu zu sagen getraut. An die Geschichte hat die Mizzi denken müssen, wie der Simon ihr alles erzählt hat, gesagt hat sie aber nichts. Er hätt es eh nicht verstanden. Dass Menschen schon immer und überall, egal, wo sie gestanden sind, zu furchtbaren Dingen fähig waren.

Am nächsten Tag war der Festtag. Um sechs in der Früh bin ich aufgewacht und hab auf den Sohn gewartet. Der zieht mir immer die orthopädischen Krankenkassaschuh an, ohne die kann ich nicht gut aufstehen, mit dem Gehen tu ich mir ein wengerl schwer.

Um elf Uhr fangt das Fest an, hat es geheißen. Heute würd ich mir wünschen, es hätt nie stattgefunden.

2

Wenn in Wien die Trottoirs nach heißem Staub rochen, zog es Dr. Patrick Sandor stets aufs Land. Er war in der Provinz groß geworden, daran mochte es wohl liegen, aufgewachsen mit vier Geschwistern im Salon eines heruntergekommenen Schlosses im tiefsten Burgenland. Mehr Räume hatte man aus pekuniären Gründen nicht heizen können.

Pannonische Tiefebene und wehrhaftes Gemäuer waren nicht mehr nach seinem Geschmack, er hatte im gebirgigen Neiselbach ein kleines gelbes Haus mit grünen Läden erstanden, auf der Südseite des Ortes hinter einer zweihundert Jahre alten Esche versteckt. So schmal war der Stiegenaufgang, dass Patrick Sandor den Fensterrahmen herausschrauben hatte lassen, um sein Klavier in den oberen Stock zu schaffen. Sollte er das Haus jemals wieder verkaufen wollen, würde man das Klavier zerhacken müssen, das war ihm schmerzlich bewusst.

Dass er kaum jemanden im Tal kannte, gefiel ihm. An diesem schwülen Freitag freute er sich besonders auf Neiselbach – auf Gartenarbeit, Lektüre und Musik.

Patrick Sandor warf einen letzten Blick auf seinen leer geräumten Schreibtisch, fasste mit der Rechten an seine Brusttasche und zupfte das bordeauxrote Stecktuch zurecht. Er war zum Mittagessen in ein Wiener Beisel mit Gastgarten und Blick auf den Donaukanal eingeladen, nicht weit entfernt von seinem Büro am Deutschmeisterplatz, fünf Minuten den Ring hinunter zum Kai. Er schob seine Aktenmappe unter den linken Arm, zog die Tür hinter sich zu. Zwei Wochen würde er nicht hierher kommen. Urlaub, frei nach dem Essen zu gehen, wohin es ihm beliebte.

Am Ring herrschte wie jeden Freitag reger Verkehr, die ganze Stadt schien ins Grüne zu wollen, gereiztes Hupen war zu hören.

Er wurde bereits erwartet. Einsam saß ein rundlicher Mann im Gastgarten und zupfte an seinem rötlichen Schnurrbart, die Lippen pfeifend geschürzt. Kriminalinspektor Müller pfiff den k.k. Radetzkymarsch, wie stets bei guter Laune, etwas anderes konnte er nicht pfeifen, zum Leidwesen seiner sozialistischen Eltern, denen die Internationale lieber gewesen wäre. Müller ließ seinen Schnurbart los und hob die Hand, er hatte Patrick Sandor erblickt. Er erhob sich nicht, das machte Müller nie, aber zumindest hatte er noch nicht bestellt.

„Büroakte?“, fragte er und wies mit dem Kinn auf Sandors Aktenmappe.

„Lektüre und Musik“, sagte Patrick Sandor. Ein Potpourri klassischer Musik und Bücher, die er schon lange hatte lesen wollen, außerdem ein zerfleddertes Exemplar Buddenbrooks, oftmals gelesen und für Mußestunden unverzichtbar.

Von ihrem Tisch aus konnte man das Wasser sehen, kühler war es trotz der Nähe des Donaukanals nicht, fand Müller, der dennoch auf seine Leibspeise bestand, Würstel mit Gulaschsaft. Sandor gab Salat mit Putenstreifen den Vorzug.

„Nachher einen Topfenstrudel?“, schlug Müller vor, als er den ersten Bissen in den Mund geschoben hatte.

„Womit beginnen denn Sie Ihren Urlaub morgen?“, fragte Patrick Sandor.

„Ich fahr auf keinen Fall nach Neiselbach“, antwortete Müller mit vollem Mund und wedelte mit dem Besteck.

Patrick Sandor kaute eine Weile auf trockenem Putenfleisch, spülte den Bissen mit einem Schluck Chardonnay hinunter.

„Ich habe Sie auch nicht eingeladen“, stellte er lächelnd fest.

Wofür Kriminalinspektor Müller ihm herzlich dankbar war. Patrick Sandors Passion fürs Land teilte der eingefleischte Wiener nicht, sein Hang zum Grünen reichte nicht weiter als zu den Weingärten am Kahlenberg vor den Toren Wiens. Wiener Lieder, Kümmelbraten und ein paar Gespritzte dort beim Heurigen waren ganz nach seinem Geschmack.

Was in fremden Ohren unfreundlich geklungen hätte, brachte Müller zum Lachen. Allerdings nur, bis er die Gulaschsaftspritzer auf seinem hellblauen Poloshirt sah.

„Nun?“, sagte Patrick Sandor und zog fragend die Augenbrauen hoch, was sein schmales Gesicht noch länger aussehen ließ.

Energisch wischte Müller mit einer Serviette an seinem Hemd, aus den Spritzern wurden Streifen.

„Geh!“, sagte Müller enerviert, durch Garderobesorgen abgelenkt.

„Was ist jetzt mit Ihrem Urlaub?“, wollte Patrick Sandor wissen.

„Lisi“, sagte Müller, ohne den Kopf zu heben.

Bedächtig legte Patrick Sandor Messer und Gabel auf seinen Teller.

„Und was macht der Herr Poldi an so einem Samstag?“, fragte Patrick Sandor. Mit eben diesem Exekutivbediensteten war Frau Lisi nämlich verheiratet.

„Der ist in der Steiermark auf einem Seminar, Polizisten im Nahkampf“ sagte Müller, immer noch mit gesenktem Kopf, obwohl gegen die Gulaschsaftflecken nichts mehr auszurichten war.

Die Affäre war nicht nur fatal, sondern auch heimlich, denn Kriminalinspektor Müller wollte Herrn Poldi, den er schätzte, nicht verletzen. Wird ja nichts weniger, tröstete sich Müller in so mancher stillen Stunde, wenn sein Gewissen sich dennoch regte.

In einer Gemeindewohnung im Karl-Marx Hof war Müller aufgewachsen, das jüngste von sieben Kindern. Eines Tages alt genug, sich zu fragen, wieso seine Eltern nicht ein wenig zurückhaltender gewesen waren, war es für ihn zu spät: Auf Unordnung und viele Menschen auf engem Raum allergisch, lebte er alleine in einer kleinen Wohnung mit Blick auf das Wiener Riesenrad in der Ausstellungsstraße. So sollte es auch bleiben.

Schmerzlich verzog Patrick Sandor das Gesicht.

„Eines Tages wird es auf der ersten Seite stehen", sagte er, „in einem Boulevardblatt. Dass Kriminalinspektor Müller von einem eifersüchtigen Kollegen mit dessen Dienstwaffe erschossen worden ist."

„Wollen Sie nichts ausziehen, wo es doch so heiß ist? Die Krawatte, das Sakko, Herr Doktor?", lenkte Müller ab.

Niemand hatte Dr. Patrick Sandor jemals sein schlichtes graues Sakko oder seine Krawatte bei Tisch ablegen sehen. Eine Farbe übrigens, die er das ganze Jahr über im Büro trug – Mohair oder leichtes Leinen, je nach Jahreszeit. Farbtupfer waren Stecktuch und Krawatte, mehr wollte er sich nicht mit Mode beschäftigen. Er trug handgemachte Schuhe, teuer in der Anschaffung, aber nicht zu zerstören, das älteste Paar über fünfundzwanzig Jahre alt. Eisenplättchen, die auf Steinböden abenteuerlich klirrten, am Schuhabsatz anzubringen, verbot er seinem Schuster. Das Geschepper fand er ordinär.

„Peinlich", sagte er, „ich sehe die abgeschmackte Schlagzeile schon vor meinem geistigen Auge."

Mehr sagte er nicht, schließlich bezahlte Müller das Mittagessen und auch als Gast konnte man sich nicht alles erlauben.

Sie hatten einen diffizilen Fall gelöst und einen Mörder überführt. Dies war nichts Besonderes, sondern ihr Beruf, dennoch pflegte Müller Fälle auch kulinarisch abzuschließen, bei Würstel mit Gulaschsaft.

„Tun Sie mir die Lieb und lassen Sie sich morgen nicht erschießen“, sagte Patrick Sandor. „Da habe ich schon etwas vor.“

3

Um Punkt elf Uhr waren wir auf der Festwiese beim Herrenhaus, der Sohn, die Schwiegertochter und ich, weil sich das so gehört. Wenn auf einer Einladung eine Uhrzeit steht, hat das einen Grund, sag ich immer, da braucht man nicht später kommen, aber viele machen das grad so. Da dauert es dann aber nur länger, bis alle wieder gehen, und Gastleut wollen doch auch irgendwann einmal wieder eine Ruh.

Alles war schön gerichtet und weil noch wenig Leut da gewesen sind, hab ich mich umschauen können. Auf der Wiese sind Tische und Bänke gestanden, zwei gelbe Sonnenschirme bei jedem Tisch. Wie Schwammerln haben die auf der großen Wiese ausgeschaut, und gescheit war es noch dazu, dass sie da waren, weil die Sonne schon fest heruntergebrannt hat. Bei den Aufgängen zur Terrasse waren Töpfe mit großen Buchsbäumen und um die Balustrade oben war eine Blumengirlande geflochten.

Hinten bei der Hecke war der große Holzkohlegrill, die Hendln haben sich auf den Spießen gedreht, die waren schon knusprig braun, und die Ausschank gleich daneben. Da sind ein paar Männer mit einem Krügel Bier in der Hand gestanden. Das machen die gern bei uns, an der Schank rumstehen und diskurrieren. Und wenn es keine Schank gibt, dann stehen sie so beieinander und reden allweil was Gescheites. Auf die Schnapsbude hat man auch nicht vergessen, Neiselbach ist berühmt für seinen Lerchenen. Dort ist noch keiner von den Gästen herumgestanden, was gescheiter war. Wenn man bei so einer Hitze schon um elf am Vormittag mit Schnaps anfängt, geht das nicht gut aus.

Von den Herrschaften aus Wien hab ich keinen gesehen. Die, die da waren, waren aus Neiselbach, nur der Herr Pfarrer und der Herr Bürgermeister haben noch gefehlt. Kein Benimm, hab ich mir gedacht.

Aber dafür war die Musi da. Am Ende der Wiese war ein Zelt aufgestellt, eins ohne Seitenwänd, nur ein Dach auf Stützen, damit die sechs Männer im Schatten sitzen, ein Sonnenschirm wär zu klein gewesen. Unsere Musikanten haben bei Wettbewerben schon viele Preise gewonnen, so gut ist die Blaskapelle aus Neiselbach. Gespielt haben sie noch nicht, nur die Instrumente haben sie ausgepackt.

Ich hab mir einen Sitzplatz ausgesucht, von dem man alles gut sehen kann. Wenn ich sitz, will ich nämlich so schnell nicht wieder aufstehen. Die Frau Schalott hab ich nicht gesehen, dabei war ich so neugierig, was sie anhaben wird. Ich hab mein Neiselbacher Festtagsdirndl getragen, das mit dem blauen Mieder und dem schwarzen Rock. Das ist mir das liebste, da braucht man nur die Schürze zu wechseln und schaut immer anders aus. Die Frau, der ein Dirndl nicht steht, gibt es nicht.

Die Schwiegertochter hat mir ein Hendl geholt und einen Gespritzten, es war schon halb zwölf und wir essen immer früh zu Haus. Viele Leute sind jetzt gekommen, auch solche, die ich nicht gekannt hab. Das waren die Herrschaften aus Wien. Tracht haben die auch alle getragen, aber die Damen eine modische. Mir ist eine echte Tracht ja lieber, aber wer es mag und wem es passt ... Geschmäcker und Watschen sind verschieden, hat die Großmutter oft gesagt.

Auch der Herr Bürgermeister und der Herr Pfarrer sind endlich dahergekommen, immer zusammen wie sinamesische Zwillinge, als ob nicht jeder für sich hätt kommen können. Es war höchste Zeit, irgendwer hat

Neiselbach ja vertreten müssen vor all den Gästen, die von auswärts gekommen sind. Das könnten die zwei aber schon langsam wissen, sind ja auch nicht mehr die Jüngsten. Das sieht man an ihrem weißen Haarkranz, mehr Haar sind den beiden nicht übergeblieben. Dann wundern sie sich wieder, wenn die Städter glauben, dass wir hier am Land nicht wissen, was sich gehört. Da hat die Musi zum spielen angefangen.

Gemischt haben sich die Leute nicht, die Wiener mit den Neiselbachern. Alle sind für sich in Gruppen gesessen. No, ich bin auch bei den Meinigen gesessen, weil ich schon alt bin, aber in meiner Jugend, da hätt ich mich zu den anderen gesetzt.

Und grad wie ich mich gefragt hab, wo sich alle von der Familie von Schwarz verstecken, ist einer von ihnen aufgetaucht – der Herr Maximilian von Schwarz. Eine kurze Lederne hat er angehabt, da hat er noch kleiner und dicker ausgeschaut als wie sonst. Ein Steireranzug wär gescheiter gewesen, da hätt man seine nackten rosa Knie und seine verhungerten Wadeln nicht gesehen. Und dass er seine paar Haar von einem Ohr zum anderen über den Schädel kämmt, macht das Kraut auch nicht mehr fett. Deppert schaut es aus, und wie der Wind hineingeblasen hat, sind ihm die langen Federn auch noch in die Höh gestanden.

Gemeinderat ist der Herr Maximilian, Politik hat er studiert. Dabei müsst er nicht arbeiten gehen, alle in der Familie haben mehr Geld, als man braucht, das ist in Neiselbach bekannt. Das war schon beim Großvater vom Herrn Maximilian so. So jemand könnt das, was er verdient, der Caritas geben, für die Bedürftigen. Jedenfalls haben wir das damals noch alle gedacht.

Von der Terrasse ist er runterkommen und hat den Leuten lächelnd die Hand hingestreckt. Ich hab den

Herrn Maximilian noch nie unfreundlich erlebt, ich glaub, das lernt man als Gemeinderat. Das Schöntun. Hinter ihm ist seine Frau herkommen, die Frau Hella mit ihren lockigen Stirnfransen, ganz rot im Gesicht. Die beiden Kinder, der Bub und das Mädel, sind plärrend an ihrem grünen Rock gehangen. Ich kenn die Frau Hella gar nicht anders wie mit den Kindern am Rock, aber jetzt sind die zwei schon so dick, dass ich mich gefragt hab, wie lange das Dirndl das noch aushalten wird, bevor die Naht in der Taille aufreißt.

Die Musi hat fleißig gespielt und am Tanzboden haben sich die ersten Paare gedreht, trotz der Hitze. Die meisten waren Frauen, die miteinander einen Landler getanzt haben. Das macht man bei uns immer so, da braucht man nicht warten, bis ein Mannsbild Lust aufs Tanzen hat. Mit dem Fuß hab ich kräftig mitgewippt, so sehr hat es mich gejuckt. Es ist schon ein Kreuz, wenn man nicht mehr jung ist und die Füß nimmer wollen.

Da hab ich ihn gesehen. Den Bachhuber mit seinem speckigen Hut. Hingelümmelt bei der Schnapsbude, ein Stamperl mit dem Lerchenen in der Hand, die Frau war nicht zum sehen. Das wird heut noch was geben, hab ich mir gedacht. Wenn die Frau nicht mit ist, findet der nie ein End. Aber was soll man da schon tun.

Da ist die Schwiegertochter mit einem Kaffee gekommen und einem Teller Gebackenem, das war aber von den Frauen im Ort und nicht vom Kätering. Das merkt man gleich, wir nehmen nur Butter zum Backen und das schmeckt man heraus. Die heiße Luft ist schon so unter den gelben Schirmen gestanden, dass ich mir das feuchte Gesicht mit dem Schnäuztuch hab abwischen müssen. Auf den Bäumen hat sich kein Blatt gerührt – das heißt nie was Gutes.

Da ist die Mizzi gekommen und hat sich zum Plaudern zu mir gesetzt. Fesch war sie im Neiselbacher Festtagsdirndl und mit der grauen Zopfkrone. An der Mizzi hat man sehen können, was für eine schöne Büste so ein Dirndl macht. Die Frau Schalott war noch nicht zum sehen. Wie damals der Herrgott den Herrn von Schwarz zu sich geholt hat, Gott sei seiner Seele gnädig, da haben viele geglaubt, dass die Frau Schalott mit ihrem Buben zurück nach Deutschland gehen wird. Sie ist aber geblieben. Und gut war es, da hat der Bub gleich von Anfang an gewusst, wo er hingehört. Auch wenn ich damals ein paarmal gehört hab, dass er jetzt bald ins Internat gehen soll. Ich hab gern wissen wollen, wo der Herr Johannes bleibt. No, der war noch im Wald, dort ist er ja immer, das hat er studiert. Dabei weiß ich nicht, was man auf der Universität über einen Wald studiert, wenn man eh damit aufgewachsen ist. Der Herr Johannes wird später noch kommen, hat die Mizzi gesagt, aber die Seinige, die Schanätt, die nicht, hat sie gesagt und die Augenbrauen hochzogen. Das hat mich nicht gewundert, ich hab schon immer gewusst, dass die Frau Schanätt mit ihrem französischen Vornamen eine Nocken ist.

Bei der Schnapsbude hinten ist noch allweil der Bachhuber herumgelanzelt, den Hut schon weit aus der Stirn. Wie viele Lerchene der schon gehabt hat, hab ich nicht gewusst, aber mehrere waren das sicher, so wie der dreingeschaut hat. Jedem, der auf einen Schnaps zur Budel kommen ist, hat er zugeprostet und ihm was vorgelallt. Was, das hab ich nicht verstehen können, da war er noch nicht so laut.

Lang ist sie nicht bei mir sitzen geblieben, die Mizzi. Das macht keinen guten Eindruck, hat sie gesagt, auch wenn das Kätering, oder wie die heißen, das Fest ausrichtet, und sie das alles nichts angeht. Aber auf die Thesi, ihr Godelkind mit den tiefroten Backen, die abservieren geholfen hat, hat sie ein Aug haben wollen. Das Mädel hat mit vierzehn Jahren angefangen im Herrenhaus zu arbeiten und der Mizzi im Haushalt zur Hand zu gehen. Nur sitzen und tratschen, da kommen die jungen Menscher, wenn sie das sehen, auf spaßige Ideen, hat die Mizzi gesagt. Und recht hat sie gehabt. Die Thesi hat sich, ohne dass wer hinter ihr her war, so langsam bewegt wie Sirup im Jänner.

Wenn noch ein bissel ein kühles Lüfterl geweht hätt, wär gar nichts mehr am Fest zum aussetzen gewesen. Vom Schneeberg sind dicke Wolken nach Neiselbach herübergezogen. Wenn es heute kracht, dann scheppert es ordentlich, hab mir gedacht.

Dann hat es auch wirklich laut gescheppert. Ein Tusch von der Musi! Und alle sind aufgestanden und haben in die Hände geklatscht. Oben auf der Terrasse hinter der Balustrade ist sie gestanden. Die Frau Schalott. Und ich hab mir gedacht, dass sie sich in all den Jahren wenig verändert hat. Hat noch immer so ausgesehen wie damals in Siebenstein. Aus Seide war ihr Dirndl und von so hellem Blau, dass es fast weiß ausgeschaut hat. Ein Brautdirndl. Wer das noch erkannt hat, weiß ich nicht, da muss man sich mit Tracht schon ein wengerl auskennen. No, hab ich mir gedacht, da gibt es vielleicht bald wieder was zum feiern.

Und dann ist sie von der Terrasse runterkommen. Da haben sich die Blätter auf den Bäumen zum bewegen angefangen und ein schwüler Luftzug war zum spüren. Geklatscht hat keiner mehr, aber viele sind zum Abgang von der Terrasse hin und wollten gratulieren.

Die Musi hat aufgespielt und am Tanzboden war wieder was los. Bei der Schnapsbudel hat der Bachhuber, der schon gewackelt hat, immer lauter was gerufen. Was, das hab ich noch immer nicht verstanden, aber einige haben den Kopf geschüttelt.

Ein feiner, älterer Herr hat die Frau Schalott zum Tanz geholt, einer von den Herrschaften aus Wien. Auch die Meinigen sind aufgesprungen und zum Tanzboden, und wer nicht getanzt hat, hat sich für ein Hendl angestellt oder geplaudert und gelacht, auch der Herr Bürgermeister und der Herr Pfarrer. Die Kinder haben am Kiesweg Steine in Plastikschüsserln gefüllt und in die Blumenbeete geschüttet und die Mütter haben sich aufgeregt. Nur die Frau Hella nicht, vom Herrn Maximilian die Gattin, weil ihre Kinder immer alles dürfen.

Lustig haben wir es gehabt. Oben am Berg hat der Wind zum wehen angefangen und die Bäum haben sich hin- und herbewegt. Aber herunten auf der Festwiese hat noch kein Halm gezittert. Da haben wir noch ein wengerl Zeit, das Fest zu genießen, hab ich mir gedacht.

Der Ländler war zu Ende und am Tanzboden hat alles geklatscht. Da hat die Musi eine Pause gemacht, alle sechs haben ein frisches Krügel Bier bekommen und ein Hendl. Der feine Herr hat der Frau Schalott den Arm anboten und ich hab gleich gewusst, wo es hingehen wird. Zur Schnapsbude. Dorthin, wo noch immer der Bachhuber herumgelanzelt ist, dem der Hut fast nach hinten runtergekippt ist, vor lauter Aus-der-Stirn-Schieben.

Wie der Bachhuber die Frau Schalott hat kommen sehen, hat er zum lümmeln aufgehört, sich recht und schlecht grad hingestellt, die Fersen zusammengeschlagen und das Schnapsglas zum Prosten gehoben. Gelächelt hat die Frau Schalott und zum Dank mit dem Kopf genickt. Da hat der Bachhuber wieder losgeplärrt und ich hab es endlich verstanden, weil die Musi ja nimmer gespielt hat.

Und wer ist schuld daran?, hat er geplärrt. Der Jud.

Da hat die Frau Schalott ihn mitten ins Gesicht geschlagen.

4

Spät am Freitagabend war Patrick Sandor mit dem alten Landrover in seinem kleinen gelben Haus mit den grünen Läden angekommen, zu spät, um die Landschaft zu genießen. Sein Gepäck hatte er noch ins Haus getragen, dann hatte er es gut sein lassen.

Wenn die Morgenluft in Neiselbach sich warm anfühlt, ist das ungewöhnlich. Sandor nahm seine Teetasse, klemmte ein Buch unter seinen linken Arm und schlenderte in den kleinen Garten. Dort saß er am liebsten, auf alten Pflastersteinen, die kleine Beete umrahmten, in denen Blumen und Kräuter wucherten. Gleich neben dem Lavendelbusch. Tief durch die Nase atmete er Genuss, Minz- und Rosmaringeruch und eine Prise Thymian. Sonnenschein, heiß wie zur Tagesmitte, brachte die Kräuter zum Duften.

Von hier oben blickte er ins Tal und hinüber zu dem schroffen Felsen, von dem er noch nicht wusste, wie er hieß. Allzu lange würde er nicht sitzen bleiben können, er war zu einem Fest geladen und hatte zugesagt, was ihm jetzt herzlich leid tat. Seine Verlobte hätte es amüsiert, seine Marotte, kurz vor einer Einladung keine Lust mehr darauf zu haben, war ihr hinlänglich bekannt. Sandor schloss die Augen, hielt sein Gesicht in die Sonne und versprach sich selbst, dass es doch ganz nett werden würde. Das wurde es auch meist. Dennoch blieb er länger sitzen, als er hätte sollen, trank seinen Tee und blätterte in seinem Buch, bis der zwölfte Schlag der Kirchenglocken aus Siebenstein verstummte. Elf Uhr hatte auf der Einladung gestanden, aber Sandor sah sich außerstande, vor zwölf ein bei solchen Festen obligates Grillhuhn zu verspeisen, geschweige denn ein Bier zu konsumieren. Wegen Unterhaltung oder Gesellschaft ging er ohnehin nicht hin, sondern lediglich Charlotte Schwarz zu Ehren, die höchstens für wenige Sätze Zeit haben würde, wie bei solchen Anlässen stets der Fall.

Patrick Sandor zog seinen hellen Steireranzug an, ließ den Landrover stehen und machte sich gemächlich zu Fuß auf den Weg. Grillen zirpten im hohen Gras.

Noch war auf der Forststraße ein gutes Stück Weg zurückzulegen, als der Wind ihm schon erste fröhliche Klänge entgegenwehte. Oberhalb der Festwiese trat er aus dem Wald, blieb stehen und fasste mit der rechten Hand im Rücken seine linke. Er schaute dem Tumult auf der Festwiese vor dem Herrenhaus eine Weile zu, denn Sandor war von zurückhaltendem Naturell. Gute Laune, Lachen und Musik waren zu hören und es duftete nach Gegrilltem. Ein Geruch, der Sandor um elf Uhr vormittags nicht behagt hätte. Die Damen trugen Dirndl, die Herren Jagdleinen, für Loden war es zu heiß, so mancher hatte einen Jagdhut mit Gams- oder Hirschbart auf dem Kopf.

Ein Fest auf dem Land ganz comme il faut, dachte Sandor und lächelte.

In stolzer Üppigkeit und Nieselbacher Tracht kam Frau Mizzi dem Neuankömmling über die Wiese entgegen, von der Frisurstube Heidi kannte man sich. Sie geleitete ihn ohne viel Federlesen zu einem Tisch, an dem der Bürgermeister und der Pfarrer unter einem gelben Sonnenschirm saßen, das mochte ihr für einen Wiener Polizeijuristen passend erscheinen. Für erfrischendes Bier sorgte sie sogleich.

„Na dann Prost“, sagte der Bürgermeister im kurzärmeligen Hemd und hob sein Krügel. „Das Zweitbeste haben Sie bereits verpasst, das Beste kommt gerade jetzt." Mit dem Kinn wies er zur Terrasse des Herrenhauses hin.

Durch die hohe Glastüre war ein hübscher junger Mann im Smoking herausgetreten, mit frischem Gesicht und hellem Haar.

Sandor wunderte sich über den Smoking um diese frühe Uhrzeit. Da hob der junge Mann den linken Arm und schob eine Violine unters Kinn, in der Rechten hielt er den Bogen.

„Hubertus von Schwarz", flüsterte der Pfarrer und fuhr sich mit Zeigefinger zwischen Hals und Kollar. Es war mittlerweile so drückend, dass sogar die Vögel schwiegen.

Charlottes Sohn gab einen kurzweiligen Mendelssohn Bartholdy, spazierte musizierend zur Balustrade und blickte in die Menge, irgendwo musste dort wohl seine Mutter stehen. Ein letztes Mal fuhr er mit dem Bogen über die Saiten, riss den Arm in die Luft, den Blick ins Nichts gewandt, verharrte kurz. Eine Verbeugung folgte.

Man erhob sich, applaudierte laut und ausdauernd, als Charlotte die Stufen hinaufschritt und ihren Sohn auf beide Wangen küsste, die Augen mit einem Spitzentuch betupfend.

„Sie entschuldigen", sagte Patrick Sandor und erhob sich. Charlotte Schwarz würde die Stufen wieder herunterkommen, dies schien ihm der passende Augenblick, ihr seine Aufwartung zu machen. Auf diese Idee waren einige gekommen, Sandor musste warten.

„Ganz à la mode", sagte er ein wenig altmodisch, als er sich über Charlottes Hand beugte, was dem zartblauen Kleid galt. „Ich gratuliere", wandte er sich Hubertus zu und nickte beifällig mit dem Kopf. Dies galt der musikalischen Darbietung. Der Junge kam ihm jünger vor, als er auf der Terrasse gewirkt hatte, sechzehn Jahre bestenfalls.

„Lust, gemeinsam zu musizieren?“, fragte Patrick Sandor. „Es steht ein Klavier in meinem Haus, meiner Verlobten würde das sicher gefallen.“ Hubertus lächelte das Lächeln seiner Mutter, verneigte sich leicht.

Mit einem Grillhuhn nahm Patrick Sandor wieder neben dem Bürgermeister Platz.

„Und das Zweitbeste?“, fragte er nun und biss von seiner Hühnerkeule ab. Er hatte nicht vergessen, dass davon die Rede gewesen war.

Von der Ohrfeige der Charlotte erzählte man, und von den roten Fingerabdrücken, die man auf der Wange des Bachhubers hätte zählen können.

Den Bachhuber kenne er persönlich nicht, sagte Patrick Sandor, daher könne ihn die Geschichte nicht wirklich überraschen, bestenfalls die rustikale Stimmung der Frau von Schwarz.

Mit dem Begriff rustikal wusste man nichts anzufangen, aber von den Unflätigkeiten, die der Bachhuber lauthals gebrüllt hatte, berichtete man ausgiebig und mit Lust. Nur wo er hingekommen war, wusste niemand, an der Schnapsbude lehnte er jedenfalls nicht mehr.

Sandor glaubte, ein entferntes Rauschen zu vernehmen. Als er zum Berg hinaufblickte, verneigten sich dort die Baumwipfel in Wellen, als würde eine Hand darüberstreichen. Viel Zeit würde den Gästen auf der Festwiese nicht mehr bleiben. Patrick beeilte sich mit den letzten Bissen Huhn und bestellte bei einer jungen Person mit frischem Teint, die Gläser abservierte, noch Kaffee. Den würde er schnell trinken und sich dann auf den Weg machen. Eine gute halbe Stunde hatte er auf dem Forstweg zurückzulegen und wie es aussah, konnte er in ein Unwetter geraten. Die Luft roch nach

Regentropfen, der Wind war böig und frisch, Papierservietten wirbelten über die Wiese.

Als er bereits überlegte, doch auf den Kaffee zu verzichten, erschien die junge Person mit einigen Tassen und Gebäck. Die geleerten Gläser nahm sie mit.

Gäste, die Kinder hatten, packten ihre Habseligkeiten zusammen und die Blaskapelle schwieg. Frisuren gerieten durcheinander, die gelben Sonnenschirme hatte man schon vor einer Weile abgespannt, die Damen hielten ihre Schürzen fest, die Herren ihren Hut.

Vorsichtig nahm Sandor einen Schluck heißen Kaffee. Da krachte ein Donner los, den man nicht nur hörte, sondern im Brustkorb spüren konnte. Sandor verschluckte sich beinah.

„Die Alarmanlage im Herrenhaus ist losgegangen“, sagte er.

„Das kann nicht sein“, entgegnete der Bürgermeister, „sowas haben wir nicht in Neiselbach.“

5

Ich war die Erste im Herrenhaus, trotz Stock und orthopädischen Schuhen. Nicht weil ich schnell zu Fuß bin, aber weil ich beim Aufgang zur Terrasse gesessen und gleich losmarschiert bin. Die anderen haben eine halbe Ewigkeit nur herumgeschaut. Auf was die haben warten wollen, weiß ich nicht, aber bei einem Unglück ist das schon so, dass die Leut erst einmal schauen, statt zu helfen.

Ich bin durch die Glastür in die Diele hinein. So nennen sie im Herrenhaus den großen Raum, in den die Gäste geführt werden, wenn es draußen im Freien zu kalt ist, da gibt es einen Kamin und Polstersessel und ein Sofa gleich davor.

In der Mitte von der Diele ist die Sirene gestanden. Die Thesi, die wie am Spieß gekreischt hat, mit tiefroten Backen. Wie sie mich gesehen hat, hat sie Gott sei Dank damit aufgehört. Der Grund für ihr Geschrei war die Frau Schalott.

Marantana, hab ich gerufen. Das weiß ich genau, nicht weil ich mich erinner, sondern weil ich das immer ruf, wenn ich mich zu Tod erschreck.

Die schöne Frau Schalott, die der Fürstin von Monaco so ähnlich geschaut hat, die ist in ihrem Brautkleid im Fauteuil gelegen, dunkelviolett im Gesicht und mit komisch großen Augen. Die Hand hab ich mir vor den Mund gehalten, weil ich erkannt hab, dass sie erwürgt worden ist, das Tuch hat sie noch um den Hals gewickelt gehabt. Sie hat im Gesicht genauso ausgeschaut wie der Gruber-Karli, der selber am besten gewusst hat, wieso er sich im fünfundvierziger Jahr in seinem Schupfen aufgehängt hat. Da hab ich ein Kreuz geschlagen und mich auf den nächsten Sessel gesetzt.

Tausend Dinge sind mir durch den Kopf gegangen. Wie traurig das ist, wenn jemand zu Weihnachten oder an seinem Geburtstag sterben muss. Das ganze Jahr über ist es traurig, aber da ist es besonders bitter.

Und was aus allen jetzt werden soll. Aus der Familie, der Mizzi, aber vor allem aus dem Hubertus, der ja immer so an seiner Mutter gehangen ist. Und auch aus dem Mann, wegen dem die Frau Schalott das Brautkleid angehabt hat. Sie hat es ja überstanden, aber allen anderen wird es das Herz brechen, hab ich mir gedacht.

Und wo der Bachhuber jetzt eigentlich war, hab ich mich auch noch kurz gefragt.

Da wollten die Leut von der Festwiese draußen schon herein in die Diele, weil es zum regnen angefangen hat und alle neugierig waren. Man hat aber nimmer dürfen, und auch die, die schon herinnen waren, haben der Singer-Simon und der Doktor aus Wien wieder hinausgeschickt. Wegen der Spurensicherung, hat es geheißen. Aber ich glaub, auch wegen der Pietät. Das gehört sich nicht, eine Tote anzugaffen. Und helfen hat ihr sowieso keiner mehr können. Der Simon hat sogar seine Tante, die Mizzi, rausgeschickt, da bin ich auch aufgestanden, weil die Meinigen eh draußen auf mich gewartet haben und ich nicht neugierig bin.

Auf der Wiese war ganz schön was los. Das hat aber nur so ausgeschaut, weil alle, die noch da waren, zusammengestanden sind. Die Mizzi hat der Thesi den Arm um die Schultern gelegt gehabt und sich mit dem Schnäuztuch die Tränen abgewischt. Der Herr Maximilian hat von Zeit zu Zeit den Kopf geschüttelt, geredet hat er nichts, und über die linke Schulter ist seine lange Haarsträhne gehangen, die sonst über den Kopf zum anderen Ohr gekämmt ist, Hut hat er keinen aufgehabt. Die Frau Hella hab ich nicht gesehen. Der

Hubertus ist auf einer Bank gesessen, die Ellbogen auf den Oberschenkeln, den Kopf zwischen den Knien. Als möcht ihm schlecht werden.

Und dann ist der Herr Johannes dahergekommen, im verschwitzten grünen Hemd, die Sägespäne noch im Haar. Aus dem Wald. Es wär ihm keine Perle aus der Krone gefallen, wenn er am Fest seiner Stiefmutter gewesen wär. Sowas tut man einfach nicht, den Wald hat er eh dauernd, Geburtstag hat man nur einmal. Und die Frau, die Schanätt, die wär ihm bei dem Festl sowieso nicht untergekommen. In Neiselbach hat man schon eine Weile gemunkelt, dass bei den beiden nicht alles grün ist. Sie grast auswärts, hat man gesagt. Weil sie dauernd zum Golfplatz gefahren ist, wegen der Gesellschaft, Golf spielen kann sie nicht. Hat immer hoch hinaus wollen, die Frau Schanätt, und ein ruhiges Leben in Neiselbach am Land war ihr zu wenig, auch in der Familie von Schwarz. Dem Herrn Johannes hat es leidgetan, dass sie keine Kinder gehabt haben. Sie hat keine wollen, und er wollt dafür ihr Gesellschaftsgetue nicht, das war ihm immer ein Gräuel. Ich weiß nicht, was die sich beim Kennenlernen erzählt haben, aber da hat wohl einer dem anderen nicht so richtig zugehört.

Bei uns in Neiselbach gibt es keine Geheimnisse. Und wenn man welche hat, dauert es nicht lang, bis es keine mehr sind.

Es hat noch nicht fest geregnet, aber frisch war es schon. Das geht schnell bei uns, auch wenn Sommer ist. Ich hab meine Weste angezogen, ohne die verlass ich nicht das Haus, und wenn es vierzig Grad hat.

Der Herr Johannes ist zum Herrn Maximilian gegangen und hat zum reden angefangen. Da hab ich den Herrn Maximilian zum ersten Mal ohne sein ewiges Lächeln gesehen. Aufgeregt hat er sich, die Arme in die Höh gerissen und herumgefuchtelt. Es wird ihm als Gemeinderat nicht gepasst haben, dass sein Bruder nicht beim Fest gewesen ist. Jetzt erst recht nicht, so tragisch, wie es ausgegangen ist. Dafür hat der Herr Johannes ja wiederum nichts können, aber dreingeschaut hat er, als hätt er ein schlechtes Gewissen. Und ich hab mich trotz der traurigen Geschichte wieder wundern müssen, dass zwei Brüder so ganz verschieden sind. Weil der Herr Johannes ein großer schlanker Mann ist, mit vollem dunklen Haar, das Gesicht von der Arbeit im Freien fesch gebräunt. Glück für ihn, dass er seiner Mutter ähnlich schaut.

Und dann ist er zum Hubertus rüber, der noch immer gebückt dort gesessen ist, hat sich hingehockt und ihm die Hand auf den Rücken gelegt.

Die Meinigen haben gehen wollen. Wozu hätten wir auch bleiben sollen? Groß verabschiedet hab ich mich von niemand, nur von der Mizzi. Die hab ich fest gedrückt, auch die Thesi, die von den trockenen Schluchzern jetzt auch noch Schnackerl gehabt hat.

Erst wie ich im Auto gesessen bin, ist mir aufgefallen, dass ich, weil das alles so traurig gewesen ist, mir eins nicht überlegt hab.

Wer der Frau Schalott sowas hat antun können.

6

Revierinspektor Simon Singer chauffierte Patrick Sandor mit seinem Auto zum Bahnhof nach Wiener Neustadt, die Spurensicherung ließen sie im Herrenhaus zurück.

„Ich lade Sie ein nach Neiselbach“, hatte Sandor in der Diele am Handy zu Kriminalinspektor Müller gesagt. Bei allem Respekt, aber Inspektor Singer, der sein Leben nur mit Verkehrsunfällen verbracht hatte, würde er an einem Mordfall nicht alleine arbeiten lassen. Immerhin war Charlotte von Schwarz seine Gastgeberin gewesen, ihren Tod nahm er persönlich.

Es regnete in Strömen, als der Zug in die Station Wiener Neustadt einfuhr. Zischend öffneten sich Zugtüren, zögerlich glitt eine Person am Haltegriff auf den Perron. Müller war es nicht. Dieser humpelte im kurzärmeligen roten Hemd die Stufen des letzten Wagons herab, schwang sich seine Tasche auf den Rücken und blieb in einer Wasserlacke stehen.

„In Wien hat es vor einer halben Stunde vierzig Grad im Schatten gehabt“, sagte Müller, „hier hat es keine zwanzig.“

„Ihre Füße werden nass“, sagte Patrick Sandor und stellte Singer und Müller einander vor. Müller fröstelte. Im Auto drehte Inspektor Singer die Heizung an, woraufhin Müller aufhörte, seine feisten Oberarme zu reiben. Das Außenthermometer, das in jeder Kurve des Piestingtals um ein Grad fiel, ließ er nicht aus den Augen.

Beim Goldenen Hirschen in Neiselbach hielten sie an – bei acht Grad Celsius. Die Bergkuppen waren im grauen Dunst verschwunden und im Tal hingen Nebelschleier wie Fetzen in den Bäumen.

Müller schauderte. „Also hierher fahren Sie so gerne, Herr Doktor", sagte er und zog ein indifferentes Gesicht.

„Lieber als in die Ausstellungsstraße beim Wiener Prater, wo Sie zu Hause sind", sagte Sandor gleichmütig.

Müller würde im Goldenen Hirschen residieren und nicht in das kleine gelbe Haus von Patrick Sandor ziehen. Er hob seine Reisetasche aus dem Kofferraum und seufzte tief. Hemden mit kurzen Ärmeln und leichte Hosen hatte er eingepackt, nicht einmal eine Jacke, dafür aber eine Badehose.

„Es riecht nach Herbst", beschwerte er sich. Ein Duft nach nassen Blättern und Nadelbäumen. „Ich hoffe, man heizt im Goldenen Hirschen?"

Inspektor Singer öffnete die Türe zur holzgetäfelten Schankstube, ein Bier als Schlummertrunk hatte er vorgeschlagen.

„Im Sommer nicht", antwortete er.

„Von Sommertemperaturen habe ich nichts bemerkt", sagte Müller.

Der Inspektor gab zu bedenken, dass man sich am Land nicht nach der Temperatur, sondern nach dem Kalender richtet und bestellte drei Krügel Bier.

„Ich glaub es nicht", seufzte Müller. „Der Lisi hab ich das Herz gebrochen, nur damit ich am Arsch der Welt in einem ungeheizten Gasthaus sitz."

„Prost", sagte Inspektor Singer und präsentierte Müller sein Krügel. „Wenn wir zwei jetzt eng zusammenarbeiten, können wir ja gleich per Servus sein, ich bin der Simon."

„Prost", erwiderte Müller, „darfst Müller sagen zu mir."

7

Draußen bei den Haselstauden ist mein Lieblingsplatz, auf einer Holzbank neben dem Marterl mit der Jungfrau Maria. Da sitz ich oft und hab ein Fernglas mit, um nach den Hirschen zu schauen. Was gar nicht stimmt. Aber so ein Glasl ist was Praktisches, weil man weit sieht und einem nichts entgeht. Da seh ich gleich, ob wer raufkommt zu uns.

An dem Sonntag war es aber nichts mit meinem Lieblingsplatz. Wenn es bei uns im Sommer ein Gewitter gibt, regnet es oft gleich weiter. Es wird ein Schnürlregen draus und vom Schneeberg her weht dann ein scharfer Wind. In dieser Nacht ist am Gipfel Schnee gefallen, gesehen hat man das nicht, weil Nebel war, aber fühlen hat man es können.

No, da hab ich zum Sohn gesagt, dass ich in die Kirche will. Ganz früh schon hab ich das Zinnglöckerl von der Kirche läuten hören, dreißig Mal, weil die Tote eine Frau gewesen ist.

Sonst bleiben bei so einem Wetter viele Leut zu Haus. An diesem Sonntag nicht. Das war kein Wunder, weil wir in Neiselbach sonst keine Morde haben. Lang bevor die Glocke zur Andacht gerufen hat, waren die meisten schon am Eingang zum Friedhof, in dem unsere Kirche steht. Die Schwiegertochter hat die mitgebrachten Blumen in die Friedhofsvase beim Familiengrab gesteckt und eine Kerze angezündet. Wie jeden Sonntag. Ich tu mir beim Bücken schon ein wengerl schwer, aber die Toten darf man nicht zu kurz kommen lassen. Und grad da haben die Glocken zum läuten angefangen.

Wie dann alle in der Kirche gesessen sind, hat man erst sehen können, wie viele gekommen sind. Sogar die,

die sonst nur die Frau und die Kinder vor der Kirche abgeben und gleich auf ein Bier zum Wirt gehen. Auch die waren da, weil jeder drauf gewartet hat, was der Herr Pfarrer in der Predigt sagen wird. Nur die erste Reihe ist leer geblieben. Das ist die Reihe, wo die Familie von Schwarz ihre angestammten Plätze hat, da sind auch die Namensschilder aus Messing angeschraubt. No, nimmer von den Jungen, aber von den Alten von damals, abschrauben tut die keiner mehr.

Und wie der Herr Pfarrer mit dem Predigen angefangen hat, hab ich gewusst, dass er sich freut. Da beugt er sich immer über sein Rednerpult und halt sich mit beiden Händen dran fest, weil er weiß, dass er ganz lange reden wird und es sich gleich gemütlich macht. Gewusst hat er aber trotzdem nichts, nur dass die Frau Schalott ermordet worden ist. Und weil es nichts Neues gegeben hat, hat er mit Mord und Moral angefangen und kein Ende mehr finden können. Doppelt so lang wie sonst hat es gedauert, ein paar haben mit den Füßen gescharrt und in einer hinteren Reihe hat schon einer geschnarcht. Da ist unser Organist oben im Gestühl mit dem Fuß auf ein Orgelpedal gestiegen, so wie unabsichtlich, geklungen hat es wie ein Nebelhorn. Das macht er sonst auch, weil es hilft und der Herr Pfarrer mit dem Predigen dann aufhört. Aber an dem Tag war es umsonst. Und ich hab mir bei mir gedacht, dass das nicht passt, dass der Herr Pfarrer sich freut, weil so viele Leut da sind. Weil der Grund dafür ja ein trauriger war.

Dann war es endlich doch zu Ende. Alle sind aus der Kirche raus, zwischen den Gräbern herumgestanden und haben zum diskurrieren angefangen. Da hab ich es das erste Mal gehört. Dass man dem Bachhuber den Mord schon zutrauen würd, weil die Frau Schalott ihm eine Watschen gegeben hat. Und der Bachhuber hat nichts drauf gesagt, weil er nicht da gewesen ist.

Genauso wenig wie die Thesi, das junge Mensch, das so geschrien hat. Das hat mich gewundert. Das dumme Ding hat sich ja immer gewünscht, dass es einmal im Mittelpunkt steht. Und an dem Sonntag wär das so gewesen. Sie hat die Frau Schalott gefunden, die Tote als Erste gesehen, und ich möcht nicht wissen, wie viele Leut das gern von ihr erzählt bekommen hätten.

Da hab ich nach Haus wollen, weil der Thesi ihre Familie Nachbarn von uns sind und ich hören hab wollen, wieso von denen keiner in die Kirche gekommen ist. Außerdem hat es noch stärker geregnet und die Leut haben immer wieder dasselbe erzählt. Dass es der Bachhuber schon gewesen sein könnt.

Bei mir oben am Hof ist nicht nur ein Fernglas was Gescheites, sondern auch ein Hund. Weil ich mit dem spazieren gehen kann, ohne dass gleich wer denkt, dass ich meine Nase in Sachen steck, die mich nichts angehen. Wir haben an dem Sonntag nur eine Suppe gegessen, am Vortag war ja das Fest, da haben wir nicht viel gebraucht. Draußen ist es sogar ein bissel heller geworden, als möcht es ganz zum regnen aufhören. Da bin ich mit meinem Stock und unserem Wolfi langsam los, als würd ich nur spazieren gehen und sonst nichts weiter.

Und grad wie ich beim Haus von der Thesi ihren Leuten war, hat es wieder zum schütten angefangen. No, da hab ich bei ihnen einkehren müssen und es hat gar nicht so ausgeschaut, als wär ich eine Neugierige. Das bin ich ja wirklich nicht, nur interessiert. Der Wolfi ist zurück nach Haus gelaufen, weil er in die Küche eh nicht reingedurft hätt.

Der Vater war im Stall, die Mutter mit der Thesi in der Küche beim Mittagessen herrichten. Fest hat die Mutter auf die rohen Schweinsschnitzel geklopft, weil sie sich geärgert hat. Eingeschnappt ist die Thesi, hat sie gesagt, weil sie nicht in die Kirche gegangen sind, dabei gibt es sonst jeden Sonntag ein Theater, weil die Thesi nicht hinwill, da soll sich einer auskennen. Und sie, die Mutter, hat es verboten, weil man das ganze Aufsehen nicht braucht. Die Thesi hat die Schultern geschupft und die Unterlippe vorgeschoben.

Die Thesi ist beleidigt, hat die Mutter gesagt, weil sie sich wie eine Heldin vorkommen wär, wenn bei der Kirche alle um sie herumgetanzt wären wie um eine aus den blöden Dreigroschenromanen, in die die Thesi dauernd ihre Nasen stecken würd.

Und weil die Mutter auf so ein Aufsehen wenig Lust gehabt hat, haben sie auch gleich auf das Mittagessen im Goldenen Hirschen verzichtet. Und jetzt waren sie mit dem Essen spät dran.

Die Mutter hat der Thesi den Topf mit den ausgekühlten Erdäpfeln hingeschoben und gesagt, dass Helfen nicht verboten ist. Da ist die Thesi ganz rot im Gesicht geworden. Und wie sie am ersten Erdapfel mit dem Messer herumgekratzt hat, hat die Mutter ihr alles aus der Hand gerissen. Sie soll lieber ihre Schwester und den Kleinen holen, wenn sie sich so blöd anstellt. Da ist die Thesi rausgehuscht. Ich glaub, dass sie genau das hat wollen, hinausgeschickt werden.

Ich frag mich, wann das Mädel gescheiter wird, hat die Mutter wieder angefangen. Sechzehn Jahr und nichts als Blödheiten im Kopf. Aus der Haut könnt sie fahren, wenn die Thesi sich so ungeschickt anstellt wie gerade vorhin, weil sie die Arbeit nicht machen will. Im Alter ihrer Tochter hat sie daheim die Großfamilie allein bekochen müssen, weil es der eigenen Mutter da schon schlecht gegangen ist. Und die Thesi nichts als Firlefanz im Kopf, ihr selber hätt der Vater das Kreuz abgeschlagen.

In drei tiefe Teller hat die Mutter Mehl, verquirlte Eier und Semmelbrösel geschüttet.

Es wär ja ein Glück, hat sie wieder angefangen, dass das Mädel ein bissel rundlich ist und die Burschen ihr nicht nachschauen täten. In Neiselbach hätt zwar keiner was gegen ledige Mütter und sie auch nicht, aber so faul, wie die Thesi ist, würd der Pamperletsch dann auch noch an ihr selber hängen bleiben. Und sie hätt eh noch die zwei Jüngeren, die Anni und den Hansi, der wär ja noch keine drei, auch wenn die Anni schon eine große Hilfe wär, weil sie sich nicht so anstellen würd wie die große Schwester.

Da ist die Thesi mit der hübschen, dunkelhaarigen Anni in die Küche zurückgekommen, den Kleinen mit dem Daumen im Mund auf der linken Hüfte. Den Mittagstisch soll sie richten, hat die Thesi der dunkelhaarigen Anni angeschafft und die Mutter gefragt, ob sie die Schnitzel panieren soll, das hat die aber nicht wollen.

Ich hab mir gedacht, dass die Thesi es auch nicht leicht hat. Nicht hübsch und die Älteste. Und die Mutter hätt vielleicht gescheiter keine drei Kinder kriegen sollen, wo ihr eines schon zu viel gewesen ist. Und so zwider, wie die Mutter beim Schnitzelpanieren dreingeschaut hat, hab ich mir gedacht, dass das kein glückliches Haus ist. Und schuld muss die Mutter von der Thesi sein. Die Großmutter hat schon immer gesagt, dass der Fisch am Kopf zum stinken anfängt.

Da hat mir die Thesi leidgetan. Der Sonntag wär ihr Tag gewesen, und ihre Mutter hat ihn ihr verdorben.

Jeder hätt sie bewundert und sie gefragt, wie das gewesen ist, die tote Frau Schalott zu finden. So hat sie sich das sicher gedacht. Und vielleicht hätt der eine oder andere sogar gefragt, ob sie nicht jemand davonschleichen hat sehen oder sowas Ähnliches. Zum ersten Mal in ihrem Leben wär sie wer gewesen.

So ist sie aber am Küchentisch gesessen, den Kleinen auf dem Schoß, und hat mit ihren blauen Kuhaugen vor sich hingestarrt und vergessen, den Mund zum zumachen. Wie sechzehn hat sie da nicht ausgeschaut, sondern eher wie der kleine Bruder. Und ich hab mir gedacht, dass es gut ist, dass sie während der Woche der Mizzi im Herrenhaus hilft, weil sie es dort sicher besser hat als hier im Haus, weil die Mizzi sie mag und die eigene Mutter nicht.

Die Mutter war mit den Schnitzeln fertig und die Anni mit dem Tischdecken, und draußen hat es nur mehr genieselt. Da wollt ich wieder nach Haus, weil beim Essen stör ich nicht gern. Also bin ich aufgestanden, und die Mutter ist zur Tür und hat über den Hof nach dem Vater geschrien, dass er essen kommen soll.

Beim Hinausgehen hab ich mich noch einmal umgedreht, da hat die Thesi eine blonde Haarsträhne um den Zeigefinger gewickelt und gelächelt. Gewundert hat es mich nicht, dass die Thesi solche Heftln liest und vom Prinzen auf dem weißen Pferd träumt, der sie von hier fortnimmt und aus ihr dann was Besonderes macht. Wo sie noch dazu nach der Kaiserin Maria-Theresia getauft worden ist.

Wer hätt gedacht, dass was Romantisches dann so grauslich enden kann.

8

„Sie fühlen sich nicht wohl?", fragte Dr. Patrick Sandor Kriminalinspektor Müller und reichte ihm den mitgebrachten grünen Wollpullover.

Kurz nach acht Uhr in der Früh kauerte dieser im kurzärmeligen Hemd in der holzgetäfelten Gaststube im Goldenen Hirschen vor leeren Teegläsern und einem Berg malträtierter Zitronenhälften.

„Mein Zimmer hat eine Dusche, eine Badewanne nicht", sagte Müller.

„Das sollte mir etwas sagen, nehme ich an", sagte Sandor, „tut es aber nicht."

Müller zog den Pullover über seinen runden Kopf und beschwerte sich durch die gestrickten Maschen weiter.

Er habe seit seiner Ankunft am Bahnhof gefroren, dagegen helfe ein Vollbad, wie aber, wenn es in seinem Zimmer nur eine Dusche gab. Zwanzig Minuten war er darunter gestanden, die Kälte wich ihm nicht aus den Knochen, gleichwohl seine Haut hummerrot geworden war. Unter eine dünne Sommerdecke war er geschlüpft, eine zweite hatte es nicht gegeben. Des Nachts hatte er Socken über seine eisigen Füße gestülpt, solches war ihm das letzte Mal in seiner Jugend im tiefsten Winter auf einer Schihütte passiert. Um halb sechs Uhr früh hatte er an Nasenspitze und Ohren die Kälte in seinem Zimmer fühlen können. Von da an hatte er nur noch auf Geräusche aus der Wirtsstube gehofft, im Hinblick auf ein heißes Getränk, um halb sieben war es endlich soweit gewesen.

„Den Tee, den man hier bekommt, kann ich nicht empfehlen", sagte Sandor, hob die Augenbrauen und schob die Gläser beiseite, „und bei Hitze zerfällt Vitamin C."

Einen bedauernswerten Mangel an Empathie warf Müller ihm daraufhin vor. Patrick Sandor erinnerte ihn daran, wessen grünen Pullover er trug, als Revierinspektor Simon Singer erschien.

„Müller, gut schaust nicht aus“, stellte er fest und rief nach einem Jägerfrühstück.

Bei einer Pfanne gerührter Eier mit Speck, Zwiebeln und Kartoffeln begann Müller Neiselbach beinahe charmant zu finden, solange er nicht aus dem Fenster blickte.

Kurz darauf brachen die drei zum Herrenhaus auf.

Im Herrenhaus befand sich die Küche im hinteren Trakt, dort, wohin kein Gast sich verirrte. Hier wurden die Familienwägen abgestellt und es gab noch genügend Platz für weitere Autos. Inspektor Singer parkte sein Dienstfahrzeug, stellte den Motor ab und öffnete die Fahrzeugtüre.

Im Herrenhaus kreischte ein Sopran, der von einem Bariton niedergebrüllt wurde, die Fenster standen offen. Hinter Büschen heulte eine Motocross-Maschine.

„Na, fesch“, sagte Müller, der Lärm noch nie ausstehen konnte.

Maximilian von Schwarz stand im dunklen Anzug vor dem Haus unter dem Vordach des Eingangs, und würgte die Finger seiner linken Hand mit einer schwarzen Krawatte. Im Haus lärmte es weiter. War Maximilian über das Kommen der drei Herren überrascht, so war es ihm nicht anzusehen. Er grüßte, zeigte Freude, was Patrick Sandor wenig glaubhaft fand. Über Mordermittlungen freut man sich nicht.

Im Hause verstummten die Stimmen, eine Tür wurde zugeschlagen, eilige Schritte nahten, eine aparte Frau mit derangiertem rotem Haar tauchte auf. Maximilian stellte sie als seine Schwägerin vor, Jeanette von Schwarz, sie nickte kurz und ohne Lächeln, stöckelte zu den geparkten Familienwagen, quälte sich im engen violetten Kleid in ein gelbes Auto und rauschte fort.

Kurz blickte Maximilian zum wolkenverhangenen Himmel und bat sodann mit schwungvoller Gebärde ins Haus, als des Gärtners Bernhardiner um die Ecke trottete. Sabbernd beschnüffelte dieser Maximilians rechtes Hosenbein, was der tunlichst nicht zur Kenntnis nahm. Währenddessen stürmte ein grün gekleideter Mann mit Bergschuhen und Hut aus dem Haus.

„Wenn sie wiederkommt, drehe ich ihr ihren dummen kleinen Hals um!“, brüllte der Bariton.

„Wir haben Gäste“, sagte Maximilian zu dem Mann. „Mein Bruder Johannes“, stellte er ihn vor und versuchte, dem Bernhardiner sanft das Hosenbein zu entziehen.

„Ich habe niemanden eingeladen“, sagte Johannes agaciert.

„Auch ich selbst würde in diesem Zusammenhang nicht von Gästen sprechen“, bemerkte Patrick Sandor und schloss den zweiten Knopf seines Leinensakkos. Gestern war er Gast gewesen, heute nicht. „Wir sind in Sachen Ermittlung unterwegs.“

„Wieso Ermittlung?“, fragte Johannes.

Frau Charlotte Schwarz sei umgebracht worden, gestern, das sei wohl allgemein bekannt.

„Frau Charlotte *von* Schwarz“, korrigierte Johannes.

„Wieso *von*?“, wollte Müller wissen, Titel hätte man in Österreich 1919 abgeschafft. Per legem.

„Hier im Herrenhaus sind sie wieder eingeführt“, gab Johannes zurück.

„Per was auch immer, nehme ich an“, sagte Müller, den bisweilen seine Kindheit einholte, obwohl er doch zum Leidwesen seiner sozialistischen Eltern die Internationale gar nicht pfeifen konnte.

„Gerade hier gibt es nichts zu ermitteln“, fügte Johannes hinzu.

So sah Müller, der aufsässig sein konnte, wenn man ihn echauffierte, das keineswegs.

„Wieso verhaftest du nicht den Bachhuber?“, suchte Johannes die geistige Nähe des Revierinspektors, der sich im Hintergrund hielt.

„Weil meine Polizeimütze im Auto liegt“, sagte Simon Singer.

„Die Herren gehen nur Ihrer Arbeit nach, Johannes“, versuchte Maximilian versöhnlich zu sein und zerrte an seinem Hosenbein, das der Bernhardiner des Gärtners noch immer zwischen den Zähnen hielt.

„Nur weil einer eine Watschen kriegt, heißt das noch lang nicht, dass er der Mörder ist“, konterte Müller. Er reagierte empfindlich darauf, dass man seine Kompetenz in Frage stellte.

„Hier im Haus finden Sie keinen Mörder!“, regte sich Johannes auf. „In der Familie von Schwarz gibt es so etwas nicht.“

„Na, wenn Sie es sagen“, lächelte Müller zynisch und zupfte an seinem rotblonden Schnurbart.

Maximilian gab seinem Bruder recht, und blickte, durch ein Geräusch abgelenkt, zur Tür. Dort stand eine Frau mit gelockten Stirnfransen und rotem Gesicht in einem züchtigen sandfarbenen Kleid.

„Meine Frau, Hella Schwarz“, sagte Maximilian.

„Hella *von* Schwarz“, berichtigte Johannes.

„Jetzt stellen Sie sich nicht so an!“ Müller verlor langsam die Nerven. „Mein Herr Doktor ist selber was Gräfliches, nicht nur ein simpler *von*.“

Mit der rechten Hand fasste Sandor im Rücken seine linke und zog die Augenbrauen hoch. Angestarrt zu werden wie eben jetzt, behagte ihm keineswegs. Dennoch konnte Müller es einfach nicht lassen, Leute mit seinen adeligen Wurzeln zu schockieren.

„Die Kinder sind bei Frau Mizzi in der Küche, es gibt Schokoladekuchen“, meldete Hella Schwarz, danach gefragt hatte niemand. Sie hob den Kopf und lauschte. Noch immer hörte man hinter Büschen eine Motocross-Maschine jaulen. „Hubertus findet heute mit seinem Rad ja gar kein Ende“, sagte sie zu allen und niemandem.

„Lass ihn“, meinte Johannes.

„Vielleicht hilft es ihm“, pflichtete Maximilian bei.

Dr. Sandor bat, auf das Fest zurückkommen zu dürfen.

„Was keine Bitte ist, sondern sozusagen ein Befehl“, präzisierte Müller und lächelte. Leute, die ihn nicht kannten, wussten in solchen Momenten nie, ob er es ernst meinte.

Ob es schon früher Streit zwischen Frau Charlotte Schwarz und Herrn Bachhuber gegeben hätte, wollte Patrick Sandor wissen. Oder ob es noch jemanden gäbe, der ihr nach dem Leben getrachtet hätte.

„Der Bachhuber ist es gewesen, dieser gewalttätige Säufer, der schlägt auch seine Frau!“, entgegnete Johannes scharf, nicht willens, von seinem Lieblingsverdächtigen zu lassen. Das fehlende „von“ ließ er diesmal unkommentiert durchgehen.

„Dieses Mal ist er doch selbst geschlagen worden“, gab Müller zu bedenken.

Johannes wollte aufbrausen, Maximilian winkte ab.

Ihm selbst fiele beim besten Willen auch niemand anderer ein, der es gewesen sein könnte. Auf dem Fest sei alles wunderbar gewesen, sehr harmonisch. Wie das ganze Familienleben hier im Herrenhaus.

Dieser Meinung wollte Hella, seine Frau, sich offensichtlich nicht anschließen, was sie auch sogleich kundtat.

Maximilian zuckte sichtlich zusammen. Ungerührt blickte Hella sich im Kreise um und schien dem nichts weiter hinzufügen zu wollen, weshalb ihr Gatte vorsichtig genauer nachfragte.

Das Fest sei für Kinder einfach schrecklich gewesen und überhaupt nicht amüsant, nicht einmal für eine aufblasbare Hüpfburg habe Charlotte gesorgt, die Kleinen hätten mit den Kieselsteinen der Spazierwege spielen müssen. Ebenso gut hätte man in einem Steinbruch feiern können, beschwerte sich Maximilians Frau.

Dass Hella sich nur über die Festmodalitäten alterierte und nicht das harmonische Familienleben in Zweifel zog, schien Maximilian zu erleichtern. Er lachte und tätschelte kurz den Kopf des Bernhardiners, der noch immer mit seinem Hosenbein zugange war.

„Ich finde Ihr Familienleben bei Gott nicht harmonisch. Gerade eben noch wollten Sie ihre Frau umbringen", wandte Müller sich an Johannes.

„Das verbitte ich mir!", brüllte dieser.

„Sie werden schon wieder laut", gab Müller ruhig zurück.

Johannes lärmte weiter, dass er nie hätte heiraten dürfen, und wenn er seine Frau umbringen wolle, habe das, zum Teufel, nichts mit dem Mord an Charlotte zu tun.

„Damit vielleicht nicht, aber mit der Behauptung, alles wäre harmonisch", sagte Müller, „und das gibt zu denken."

Hella hob den Kopf und lauschte. Von Motorenlärm war nichts mehr zu hören.

„Hubertus fährt nicht mehr mit seinem Rad", sagte sie. Und fuhr fort: „Charlotte war schon immer eine Egoistin."

„Pscht", zischte Maximilian und versuchte, durch Heben und Schütteln des rechten Beines endlich den Bernhardiner loszuwerden.

Hubertus, am Vortag noch im Smoking, war kaum wiederzuerkennen. Im bunten Motocross-Dress, das feuchte blonde Haar zu Berge stehend, den Helm unter dem rechten Arm, schlurfte er in schweren Stiefeln durch den Kies. Der Sinn stand ihm sichtlich nicht nach Gesellschaft, Sandor hatte schon am Vortag kondoliert und beließ es deshalb nun bei einem stummen Nicken.

Wie es schien, suchte Hubertus Frau Mizzi in der Küche auf, denn Hellas Kinder stoben unter Geheule aus dem Haus, krallten die Hände in den Rock der Frau Mama und drückten ihre schokoladenverschmierten Gesichter in die sandfarbenen Kleiderfalten. Hella störte es nicht.

„Ist Charlotte bei antisemitischen Äußerungen schon immer handgreiflich geworden?", fragte Patrick Sandor.

Man war verblüfft.

Sie habe nie irgendwen geschlagen oder dergleichen, nicht einmal einen Hund, Gewalt sei im Herrenhaus unerwünscht.

„Jetzt hat sie aber, auf ihrem eigenen Geburtstagsfest", stellte Sandor trocken fest.

„Irgendetwas wird ihr schon nicht gepasst haben, Charlotte war schon immer eigen." Hellas Rock war nun über und über mit Schokolade beschmiert, ihre

Kinder hockten am Weg und wühlten in den Kieselsteinen.

„Wenn du deine Bemerkung in aller Ruhe noch einmal überdenkst", riet Maximilian seiner Frau und machte große Augen, „dann würdest du gewiss zu einem anderen Schluss kommen. Dass Charlotte nämlich nicht eigen war, das kann man so nicht sagen, sondern ein charaktervoller und besonders lieber Mensch."

Hinter den Büschen kam der Gärtner Alois hervor. Freundlich wedelnd begrüßte ihn der Bernhardiner, von der Hose ließ er nicht.

Plötzlich sagte Hella: „Freu dich doch! Nach dem Tod deines Vaters hast du durch die Finger geschaut wie alle anderen auch, bis auf Charlotte, aber jetzt? Jetzt kriegen wir endlich alles."

Da versetzte Maximilian dem Bernhardiner des Gärtners einen formidablen Tritt.

9

An dem Sonntag hab ich mir nicht gedacht, dass noch wer kommen wird. Weil es geregnet hat, bin ich mit meinem Fernglasl auch nicht vor der Tür gesessen. Wie der Alois an die Küchentür geklopft hat, war ich froh, dass ich noch einen Ribiselkuchen gehabt hab. Bei uns in Neiselbach gehört sich das, dass was angetragen wird, und mitten am Nachmittag hätt der Alois keine Lust auf einen Speck gehabt, das hab ich mir halt gedacht. Ich hab einen Kaffee aufgesetzt und ihm gesagt, er soll seine nassen Sachen ablegen, den Wetterfleck und den Hut.

Auf die Ofenbank ist er gerutscht, ich hab ein bissel eingeheizt gehabt, draußen war es ja kalt und in einem alten Steinhaus merkt man das gleich.

Er hat sich zum Ofen hingedrückt, der Alois, der Jüngste ist er ja nicht mehr, und mit dem Rücken tut er sich schon schwer. Wenn ich ihn so bucklig daherkommen seh, frag ich mich oft, wie lang er noch im Herrenhaus Gärtner sein kann. Heute gibt es zwar schon ein Schüppel Geräte, die einem helfen, nicht so wie früher, wo man nur eine Sense und einen Rechen gehabt hat, aber trotzdem. Eine leichte Arbeit ist das nicht.

Dass er mir was erzählen will, hab ich gleich gesehen, sonst wär er ja auch nicht zu mir heraufgekommen. Aber Zeit hat er sich lassen, weil der Alois ganz gern heimlichtut. Ausgehalten hat er es aber eh nicht lang.

Die haben nie was geerbt, ist er mit der Sprache herausgekommen und sich mit der Hand über die Lippen gefahren, weil er mit dem vollen Mund ein bissel gespuckt hat.

Wer?, hab ich ihn gefragt, ich hab ja nicht gewusst, von wem er da jetzt redet.

Die jungen Herren vom Herrenhaus.

Geh, hör auf, von wem hast denn den Blödsinn?, hab ich da gesagt. Bei uns wird ja viel erzählt, wenn der Tag lang ist, aber die Geschichte hab ich noch nie gehört gehabt.

Von der Frau Hella.

Na, hab ich gerufen, wo gibt es denn sowas, die Mizzi hat nie was gesagt.

Na, wie denn, hat der Alois gemeint, die hat auch nicht gewusst, dass die Buben vom alten von Schwarz nichts bekommen haben. Nichts hat ihnen gehört, bis gestern, das Herrenhaus nicht und der Wald nicht und von dem ganzen Geld schon gar nichts, und wir alle miteinander in Neiselbach haben immer geglaubt, die jungen Herren haben das Arbeiten nicht not.

In all den Jahren hätten die Buben doch den Mund aufmachen können, die können ja nichts für den letzten Willen von ihrem Vater, in dem er sein eigen Fleisch und Blut auswagoniert hat. Der Alois hat nur mehr den Kopf geschüttelt.

Ein bissel war der Alois den Buben ja damals ein Vater, beim Pfeiferlschnitzen und beim Huckepackreiten, wie sie noch klein waren. Der alte Herr von Schwarz wär für sowas nicht zum haben gewesen. Und vom Fischen und der Jagd hat der Alois ihnen auch alles beigebracht. Deshalb hat er sich jetzt gekränkt, weil sie ihm nichts gesagt haben.

Das musst schon verstehen, hab ich da gesagt, die haben sich halt geschämt, weil es so gekommen ist. Weißt doch, wie die Mannsbilder sind. Hätt der Maximilian das wirklich im Gemeinderat erzählen sollen? Und der Johannes den Förstern und den Holzarbeitern?

Ob er das eingesehen hat, weiß ich nicht, der Alois kann manchmal ganz schön eingeschnappt sein.

Sorgen um die Familie und die Zukunft hat er sich gemacht, weil die Frau Schalott alles zusammengehalten hat und keiner sich gehen hat lassen, wie sie noch am Leben war. Und wenn das Harmonische auch nur vorgespielt gewesen ist, es war eine Ruh. Weil jetzt hätt der Johannes die Schanätt schon angeplärrt und der Maximilian seinem Bernhardiner einen festen Tritt gegeben. Ob das ein Benehmen ist, hat der Alois ihn gefragt und seinem Hund gepfiffen. Auf eine Antwort hat er nicht gewartet, da gibt es ja auch wirklich nichts mehr zum sagen.

Aber die Hella ist eine Brave, hat er dann gesagt.

Das ist sie nicht, hab ich mir gedacht. Bis zu dem Nachmittag war die für mich nur eine fade Nocken, aber jetzt hab ich nicht glauben können, dass sie so blöd ist, dass ihr das mit dem Erben einfach so herausgerutscht ist. Das war schon Absicht. Ich hab aber den Mund gehalten.

Und die Schanätt und der Johannes werden sich vielleicht scheiden lassen, das hat dem Alois auch Sorgen gemacht, weil die Familie dann auseinanderfällt.

Wird auch wurst sein, Kinder sind ja keine da. Ich wollt nur wissen, wie es dem Hubertus geht, schließlich ist es ja seine Mutter gewesen, die umgebracht worden ist. Viel hat der Alois aber nicht sagen können, das Ganze ist ja gerade am Tag davor erst passiert. Da hat man noch gar nicht wissen können, ob der Bub alles überhaupt schon begriffen gehabt hat, das Tragische von der Geschichte, hat er gemeint. Und ich hab mir gedacht, dass das ganz sicher so ist, weil der Bub doch so an ihr gehangen ist. Das hat ein jeder gewusst.

Ein Geheimnis in Neiselbach ist nicht etwas, was man nicht weiß, sondern etwas, worüber man nicht spricht. Schindeln am Dach, hat die Großmutter immer gesagt, wenn sie nicht wollt, dass von unsere Leut was nach draußen dringt. Da hat man niemandem erzählen dürfen, was im Haus passiert ist, wenn es einen Streit oder was gegeben hat.

No, im Herrenhaus war es auch so, wie man jetzt hat sehen können. Wir alle miteinander haben von der Erbengeschichte nichts gewusst. Da hat man sich doch fragen müssen, was es da oben im Herrenhaus noch alles gibt, wovon man noch immer nichts weiß. Könnt schon sein, dass die Frau Hella sich noch einmal verplappert, obwohl ich bei ihr ans Verplappern ja nicht geglaubt hab.

Und nachdem der Alois mir das alles erzählt hat, war alles irgendwie anders. Wie wenn man am Kirtag durch ein Kaleidoskop schaut. Die bunten Glasscherben drinnen sind immer dieselben, aber wenn man nur ein wengerl am Rohr dreht, gibt es ein ganz anderes Bild.

Aus dem freundlichen Herrn Maximilian ist da auf einmal einer geworden, der jedem schöntun will, überhaupt dem Vater, gekriegt hat er dafür aber nichts. Der charakterstarke Herr Johannes war, wenn man genau hingeschaut hat, eigentlich nur laut, was zustande gebracht in seinem Leben hat er nicht. Und die ruhige Frau Hella war eine, die hintenrum dauernd Unfrieden sät. Nur die Frau Schanätt war so, wie sie wirklich ist, eine Unangenehme, aber dafür weiß man bei ihr, woran man ist.

Nobel war es von der Frau Schalott, von dieser Erbschaft, die ja gar keine gescheite war, nichts zu erzählen. Seit dem Tod von ihrem Mann hätt sie allen zeigen können, wo der Bartel den Most holt, wie die Großmutter immer so schön gesagt hat. Sie hätt allen erzählen können, dass im Herrenhaus niemandem wirklich was gehört, und aus wär es gewesen mit dem herrschaftlichen Getue von den beiden jungen Herrn.

Da hat sie mir noch mehr leidgetan, weil sie so anständig gewesen ist und so einen Tod nicht verdient hat. Aber vielleicht hat man sie grade deswegen ermordet, weil sie so eine Gute gewesen ist. Im Krimi sagen die ja oft, dass das Opfer am eigenen Mord mitbeteiligt gewesen ist. Schuld ist man nicht daran, aber umbracht wird man, weil man so ist, wie man halt ist. Und ein Mensch, der besonders nobel ist, der geht den Leuten schon ganz schön auf die Nerven, weil man es nicht so gern hat, wenn man den Spiegel vorgehalten bekommt. No, keiner will dran erinnert werden, dass er nicht so gut ist, wie er glaubt.

Kein Rauch ohne Feuer. Der alte Herr von Schwarz, der war ein feiner Herr und ein Gebildeter, der wird seine beiden älteren Buben schon ganz gut gekannt haben. Zu gut, um ihnen alles gleich zu hinterlassen. Er hat ihnen nichts zugetraut. Vielleicht hat er sich gedacht, dass der Hubertus der Richtige sein könnt, damals hat er das nicht wissen können, da war der Bub noch zu klein, und dass die Frau Schalott das schon richten wird, wenn es bei ihr einmal so weit ist.

Wenn er das wirklich so geplant hat, hätt er das nicht tun sollen, weil es gefährlich ist, seine Sachen nicht in Ordnung zu hinterlassen. Besonders, wenn man drei Söhne hat.

Zum zweiten Mal hat der Alois was zu mir gesagt, ich hab es beim ersten Mal schon nicht gehört, weil ich an so vieles hab denken müssen. Noch einen Kaffee hat er haben wollen. Und wie ich aufgestanden bin, um ihn zu holen, da ist mir ganz anders worden.

Weil wenn das alles so war, wie es mir vorgekommen ist, dann war der alte Herr von Schwarz noch aus dem Grab heraus am Tod der Frau Schalott schuld.

10

Alibis werden gnadenlos überschätzt, sagte einst ein großartiger Kriminalist. Daran erinnerte sich Patrick Sandor, nur wer das gewesen war, fiel ihm beim besten Willen nicht ein.

Es hatte etwas von einer Groteske, dass er auf ein Fest geladen und seine Gastgeberin, wenn denn schon nicht unter seinen Augen, so doch in unmittelbarer Nähe ermordet worden war. Wer auf diesem Fest wann und wo herumgelaufen war, war kaum zu eruieren. Vor allem ging es um die Familienmitglieder. Zwei waren nicht da gewesen, Johannes und seine Frau Jeanette, so hatte man ihm erzählt. Sie hätten sich in dem Tumult aber durchaus durch den Hintertrakt in die Diele schleichen und Charlotte erwürgen können. Riskant, aber möglich. Die anderen waren auf der Festwiese gewesen, Sandor hatte sie selber gesehen.

„Hat sich der bei seinem Testament was gedacht oder nicht, der alte Herr Schwarz?“, fragte Müller rhetorisch. Das ganze Barvermögen war bis zu Charlottes Tod eingefroren gewesen, die monatliche Zinsausschüttung nach einem Prozentschlüssel errechnet. Der Löwenanteil an Charlotte, ein Bettel nur an die beiden Söhne aus erster Ehe.

„Der Stoff, aus dem die Morde sind“, sagte Müller. „Nur spät dran ist er, der Mörder, der alte Herr ist schon vor einigen Jahren verstorben.“

„Ein Holsteinschnitzel nehme ich“, entschied Patrick Sandor und klappte die Speisekarte entschlossen zu.

Sie saßen beim Goldenen Hirschen in der holzgetäfelten Stube, es war Abend geworden, draußen regnete es noch immer oder schon wieder, so genau konnte man das an diesem Tag nicht sagen.

„Glauben Sie wirklich, dass es jemand aus der Familie gewesen ist?“, wollte Revierinspektor Singer von Dr. Sandor wissen.

„Der Herr Doktor glaubt prinzipiell an nichts und niemanden“, sagte Müller. „Wie tun wir weiter?“

„Wir lassen uns ein Abendessen reichen“, sagte Sandor. „Herr Inspektor, Sie sind mein Gast.“

Er habe die Mordermittlung gemeint, stellte Müller richtig.

Sandor hatte durchaus verstanden, aber beileibe keine Lust, den Mord vor seinem Diner zu diskutieren. Zu diesem Zeitpunkt war seine Laune noch übler als die Müllers, der ständig über das gebrochene Herz seiner Lisi referierte. Was schlechtes Wetter nicht vermochte, gelang einem Mord. Patrick Sandors geliebtes Neiselbach enervierte ihn.

An der Schank standen fünf Weißweintrinker und unterhielten sich lautstark über Holz und Vieh. Die Bedienung stellte ihnen frische Weingläser hin. Alle fünf hoben die Gläser und prosteten sich zu.

„Heil Hitler!“, stand ein Junger stramm und klackte mit den Schuhabsätzen.

„Na holla“, wunderte sich Müller, „ein Nest?“

„Trotteln!“, schimpfte Inspektor Singer. „Sonst scheißen sie sich wegen allem an, aber wenn sie mit ihren Haberern unterwegs sind, kommen sie sich gut vor. Blöde Sprüche im Wirtshaus sind eine Sache, einen Mord gutheißen allerdings eine andere, und mit Politik haben die nie wirklich was am Hut gehabt. Nämlich ernsthaft. Nur, wenn sie was getrunken haben.“

„Kokolores“, sagte Patrick Sandor und bestellte ein Holsteinschnitzel und ein Doppelzimmer für seinen Müller. Mit Bad.

11

Am Montag um fünf Uhr in der Früh haben die Vögel laut gesungen, weil die Sonne wieder da war, da bin ich aufgewacht und hab mich gefreut.

Den Regen brauchen wir, weil das Gras auf den Wiesen sonst nicht gescheit wächst. Die Kühe haben dann zwar grad genug zum Fressen, aber fürs Winterfutter bleibt nichts und im Haus muss man Acht geben, weil nicht genug Wasser zum Pritscheln da ist. Wenn es im Sommer aber gar nicht mehr aufhören will zum wascheln, mag ich das nicht.

Ich hab in den Garten wollen, weil der Regen im Sommer das Unkraut aufschießen lässt. Ich wünscht, der Salat würd nur halb so schnell wachsen. Wie frisch gewaschen war der Himmel und die Luft so klar, man hätt glauben können, dass man die Lerchenbäum am Hang gegenüber zählen kann. Beim Gartenzaun haben die Wassertropfen in den Spinnweben gefunkelt wie Bergkristall.

Ich hab einen Schemel in den Garten mitgenommen. Ohne dass ich mich setz, kann ich es nicht mehr, und die Schwiegertochter hat nicht allweil Zeit zum Unkrautzupfen. Ich hab mich in den Garten gesetzt und fest geschimpft. Auf die Nacktschnecken, die mir beim Unwetter die Kürbispflanzen zusammengefressen haben und den Salat. Da ist mir wieder eingefallen, dass es andere wirklich schlimm getroffen hat. Die Familie von Schwarz, wo sich keiner den Kopf über Nacktschnecken zerbricht, weil es eine Tote zu beklagen gegeben hat.

Mir ist noch immer ganz wurlad im Kopf gewesen von allem, was ich am Vortag denken hab müssen, wie der Alois bei mir gewesen ist.

Da ist mir aufgefallen, dass ich an den Bachhuber schon länger nicht gedacht hab. Und auf den hat man auch nicht vergessen dürfen. Als Täter, hab ich gemeint.

Wenn er sie denn ogekragelt hat, die Frau Schalott, dann muss man als Kriminalinspektor doch wissen, wieso er das getan hat. Das Motiv. Da sind mir gleich drei eingefallen. Wegen der Watschen oder wegen dem Politischen oder wegen beidem.

Also eines hab ich gewusst: Dass der in seinem Leben von einer Frau noch nie vorher eine Ohrfeige kriegt hat, außer von der Mutter, und das ist so lange her, dass es schon nicht mehr wahr ist. Da hätt schon sein können, dass er deswegen narrisch worden ist.

Oder er ist wegen dem Politischen narrisch worden. Da hab ich mich gefragt, ob der Bachhuber den Schmarrn, den er allweil verzapft, auch wirklich glaubt oder ob er das nur so daherredet. Manchmal weiß man nicht, wie ernst es den Leuten ist, weil wenn es ans Eingemachte geht, vergisst einer bald, woran er sonst geglaubt hat.

Oder er ist wegen beidem narrisch worden.

Das wird was werden, hab ich mir gedacht, wenn der Herr Doktor und sein Kriminalinspektor draufkommen, mit wem der Bachhuber am liebsten im Wirtshaus herumsteht. Mit dem Deppen, der sich den Hitler von einer Postkarte in Öl hat nachmalen lassen, und mit dem Jungen, der bei jedem Glas Heil Hitler plärrt statt Prost, und dann mit dem, der am österreichischen Nationalfeiertag die deutsche U-Boot-Flagge beim Fenster rausgehängt hat. Damals ist die Polizei aus Wiener Neustadt gekommen, weil ihn wer angezeigt hat. No, das ist schon ein sauberer Haufen. Vielleicht haben sie jetzt aber einen Helden, den Bachhuber, der wegen dem Politischen wen umgebracht hat.

Wenn mir zu viel im Kopf herumgeht, mag ich das Unkrautzupfen ganz besonders, da hat man das Gefühl, man tut was und muss sich auf nichts konzentrieren, dann ordnen sich die Gedanken von ganz allein.

Und da hab ich mich gefragt, ob der Bachhuber für einen Mord nicht doch schon zu besoffen gewesen ist.

12

Sieben Uhr am Abend war es und die Glocken aus Siebenstein haben zur Vesper geläutet. Ich bin auf meinem Lieblingsbankerl neben dem Marterl und den Haselstauden gesessen. Und wie ich durch mein Fernglasl schau, seh ich ihn kommen. No, den Herrn Kriminalinspektor aus der Stadt, den starken mit dem schönen roten Schnurbart wie von einem Fuchs. Ich hab mich gewundert, dass er allein ist, ohne den Herrn Doktor. Dann hab ich mir gedacht, dass Polizisten am Abend auch irgendwann frei haben.

Nicht eine Wolke hat man an dem Tag gesehen, und zu Mittag ist es richtig heiß gewesen, da hätt es leicht sein können, dass wieder ein Wetter kommt, aber wir haben Glück gehabt, nur die Luft hat feucht und warm gerochen. Das Fernglasl hab ich weglegen können, weil der Herr Kriminalinspektor schnurstracks auf mich zugekommen ist, da hab ich nicht weiter durchschauen müssen. Das hat mich gewundert, dass er zu mir herwollt, aber dann hab ich mir gedacht, dass das zum Beruf gehört. Das Neugierigsein. Und das hat er ja sein müssen, weil er in Neiselbach niemand gekannt hat und sein Herr Doktor auch noch nicht, nach der kurzen Zeit, die der erst hier ist.

Grüß Gott, hat er gesagt, wie er vor mir gestanden ist. Das hat mir gefallen, das ist ein schöner Gruß, bei dem man sich was denken kann. Und ob er sich setzen kann, hat er auch noch gefragt. Ganz verschwitzt ist er gewesen, der war das Hinaufsteigen nicht gewöhnt, in Wien fahrt der sicher mit dem Auto herum, und sonst gibt es dort ja allweil einen Lift. Zum trinken hab ich ihm angeboten, aber er hat nicht gleich was haben wollen, nur ein bissel mehr Luft.

Da sind wir beiden dann dagesessen, ich die Augen zu, die Händ auf meinem Stock, und er hat geschnauft und einen Lärm gemacht.

Wie er zum reden angefangen hat, hab ich die Augen wieder aufgemacht. Ob ich bei dem Geburtstagsfest gewesen bin, hat er wissen wollen, oder von dem Mord schon gehört hab. Ja, hab ich kurz genickt, dabei ist mir zum Lachen gewesen, weil der Kriminalinspektor Neiselbach so gar nicht kennt, sonst hätt er gewusst, dass man bei uns, kaum dass was passiert ist, es gleich erzählt bekommt.

Jetzt wird er mich nach dem Bachhuber fragen, hab ich mir gedacht. Das hat er aber nicht. Und auch nicht, ob ich weiß, wer es war, und auch nicht, was ich von der Familie von Schwarz oder der Frau Schalott halt.

Erzählt hat er mir, dass sie zu zweit am Vormittag bei der Thesi oben gewesen sind, der Singer-Simon und er. Wo der Herr Doktor gewesen ist, hat er mir nicht gesagt. No, wenn sie von der anderen Seiten rauffahren, müssen sie nicht bei mir am Hof vorbei, deswegen hab ich das noch nicht gewusst. Dann hat er ins Tal runtergeschaut und tief geseufzt.

Schön haben Sie es hier, hat er gesagt, und ich hab gewusst, er meint es ernst. Nach warmem Gras hat es gerochen und die Grillen haben gezirpt, da hat er die Augen zugemacht.

Was halten Sie von dem jungen Dirndl, hat er dann gefragt, die Augen immer noch zu.

Wen meinen Sie denn, die Thesi?, hab ich gefragt. Ich hab mir nicht vorstellen können, dass man von der was wissen will. Aber genau die hat er gemeint.

Er hat geglaubt, dass sie auf dem Fest vielleicht was gesehen hätt, wie sie die Frau Schalott gefunden hat. Da hab ich wissen wollen, wie er auf so eine Idee gekommen ist.

Das spür ich, hat er gesagt.

Das war so, als hätt er mir grad was anvertraut, mir, einer alten Frau, die er nicht einmal kennt. Das muss an der Luft gelegen sein. Die Sonne ist schon über der Bergkuppe gestanden, da wird die Luft golden und die Blätter leuchten gelb. Manchmal kann man das auf alten Bildern sehen, von damals, wie die Maler sowas noch malen haben können. Die Amseln haben gesungen und die Glocken von unseren Kühen haben geläutet. Dass so viel zum hören war, hat ihn gewundert. Schon beim Hergehen durch den Wald ist ihm aufgefallen, dass man immer vom stillen Wald spricht, was der ja gar nicht ist.

Einen Freund hätt sie halt so gern, hab ich ihm erzählt, weil er mich ja nach der Thesi gefragt gehabt hat und ich das nicht vergessen hab.

Ah!, hat er gemurmelt, die Augen aufgemacht und am roten Bart gezupft.

Schuld sind die Dreigroschenromane, hab ich ihm dann erklärt. Dauernd träumt sie von ihrem Prinzen, und sowas gibt es hier bei uns ja nicht. Aber auch von der Dorfjugend interessiert sich keiner für sie, sie ist halt noch so ein Pummerl, und eine Gescheite ist sie auch nicht gerade.

Aber raffiniert genug, sich was schenken zu lassen, wenn sie was weiß, was andere nicht wissen sollen, hat er gesagt.

Wer sagt denn sowas?, hab ich gefragt. Mein Lebtag hab ich das noch nicht gehört.

Ihre Schwester. Der Kriminalinspektor hat mich angeschaut.

Die Anni? Ich hab es nicht glauben können. Und vor der Thesi hat sie das gesagt?

Sie hat es nicht nur vor der Thesi, sondern sogar zur Thesi gesagt, hat der Kriminalinspektor erzählt. Du wirst schon was gesehen haben, und dann lasst Dir wieder was schenken, damit du den Mund haltst.

Da ist die Thesi ganz rot worden im Gesicht, wie ein Paradeiser. Stimmt ja nicht, hat sie gezischt und der Kleinen einen Rempler gegeben.

Das stimmt wohl, hat die Kleine gerufen, die ganze Lade hast voll mit die Sachen, die man dir schon geschenkt hat, die Lippenstifte und das alles. Nur damit du den Mund haltst, wenn du jemand beim Schmusen erwischt hast oder sowas, deswegen rennt schon jeder davon, wenn er dich nur sieht.

Das darf ja nicht wahr sein, hab ich geseufzt und tief Luft geholt. Es ist schon ein Kreuz mit der Thesi, aber dass es so um sie steht, hab ich nicht geglaubt.

Sie hat das Zeug zur Erpresserin, hat der Kriminalinspektor gesagt, auch wenn es nur um Lappalien gegangen ist. Also könnt gut sein, dass sie dieses Mal auch was gesehen hat und noch nicht drüber reden will. Oder sie hat was gesehen und ihr kommt das im Moment nicht wichtig vor.

Wo war denn die Mutter, hat die das gehört mit den Lippenstiften?, hab ich wissen wollen.

Der Kriminalinspektor hat aber schon gesehen, dass das ein bissel schwierig ist mit der ältesten Tochter und der Mutter, weil die an der Thesi kein einziges gutes Haar gelassen hat. Deshalb hat er gewartet, bis sie weg war, um sich mit der Thesi zu unterhalten.

Ich hab gar nicht gewusst, dass Kriminalinspektoren so feinfühlig sein können.

Was machen Sie denn jetzt mit dem Mädel?, hab ich ihn gefragt.

Nichts, wegen Lippenstift macht er nichts, aber erklärt hat er ihr, dass das nicht geht, dass das streng genommen strafbar ist, wenn man, damit man den Mund halt, sich was dafür geben lässt, wurst ob Geld oder Geschenke.

Es ist ein Kreuz, dass niemand das Mädel richtig gern gehabt hat, früher mein ich, wie sie klein war, jetzt ist sie nicht mehr wirklich zum Liebhaben. Der Mutter war das damals alles zu viel, die Wirtschaft, das kleine Kind und den eigenen Vater pflegen. Das ist schon bitter, und dafür kann auch keiner was.

Der Kriminalinspektor hat die Augen wieder zugehabt und leicht mit dem Kopf genickt, wie die Spielzeughund, die im Auto am Rückfenster sitzen, als möcht er gleich einschlafen. Und ich hab auch nichts mehr gesagt, weil das meine Lieblingsstunde ist. Da zwitschern die Vögel müd und die Grillen zirpen zart. Und dort wo die Sonne hinter den Bergkuppen verschwunden ist, ist der Himmel silbrig weiß, bis er so rosa wird wie im Frühling die Pfingstrosen in meinem Garten.

Nach einer hübschen Weile hat der Kriminalinspektor die Augen wieder aufgemacht. Das hat mich gefreut, weil es so schöne Abende nicht viele gibt im Jahr und man das gesehen haben muss. Wie dunkles Moos waren die Blätter auf den Bäumen und die Luft so blau wie Lavendel. Und weil die Sonne weg war, hat die Welt zum duften angefangen. Nach warmem, geschnittenem Gras, ein Duft so süß wie von einer Mehlspeis, komisch kann es einem da werden ums Herz.

Und wie es am schönsten war, hab ich geglaubt, ich seh nicht recht. Da hat der Kriminalinspektor sein Taschentelefon aus der Brusttasche genommen und mit den Daumen auf den Tasten herumgedrückt. Dass jemand so feinfühlig sein kann, aber bei dem Sonnenuntergang und dem Duft, der einem ans Herz geht, dann doch mit dem modernen Klumpert herumspielt, hat mich gewundert. Jedem das Seine, hab ich mir noch gedacht. Wie er mit der Tipperei fertig war, hat er mich angeschaut, am fuchsroten Schnurrbart gezupft und wie ein Lausbub gelächelt.

Jetzt hab ich einen Blödsinn gemacht, hat er gesagt, aber bei so einem Duft, da muss man ja den Kopf verlieren.

Da hab ich gewusst, dass er mit seinem Taschentelefon was Romantisches angestellt hat. Und weil es grad gepasst hat, hab ich ihn gefragt, ob er vielleicht schon weiß, dass die Frau Schalott auf ihrem Fest ein Brautdirndl getragen hat.

Gut war es, dass ich das gesagt hab, er hat es nämlich nicht gewusst, das hab ich an seinem Gesicht gesehen.

13

Patrick Sandor hörte Müller kommen, noch bevor er ihn sah. Der Weg zu seinem kleinen gelben Haus mit den grünen Läden war verwegen steil und Müllers derbe Flüche reichten weit. Es war früh am Tag und er saß im Garten neben dem Thymian und genoss seinen Frühstückstee.

„Die Kleine ist die geborene Erpresserin“, keuchte Müller und klammerte sich an die Spitzen des Gartenzauns.

„Sie haben Frau Lisis gebrochenes Herz kuriert, so hat man mir erzählt“, lächelte Sandor.

„Ich weiß nicht, was Sie meinen“, entgegnete Müller, wischte sich den Schweiß aus den Augen und starrte seinen Herrn Doktor an. In der kurzen speckigen Lederhose des Großvaters hatte er ihn noch nie gesehen.

„Eine konspirative nächtliche Abholung vom Bahnhof Wiener Neustadt, Revierinspektor Singer der Chauffeur. Die junge Dame wurde in Ihrem Doppelzimmer im Goldenen Hirschen untergebracht.“ Sandor zog die Augenbrauen hoch, „Und von welcher kleinen Erpresserin sprechen Sie?“

„Von der Thesi“, sagte Müller.

„Ah“, heuchelte Sandor Desinteresse, obwohl er die menschliche Natur äußerst anregend fand. Diese junge Person mit frischem Teint und natürlicher Schläue hatte also mehr zu bieten, als leere Gläser abzuservieren und tote Gastgeberinnen zu entdecken.

„Lukrativ gewesen, ihr Nebenverdienst?“, erkundigte er sich.

„Lippenstifte“, sagte Müller. „Und Ihre Gastgeberin hat am Fest ein Brautdirndl angehabt. Ein Brautdirndl“, wiederholte er.

Patrick Sandor stellte seine Teetasse auf den Tisch.

„Sie quellen ja über vor Neuigkeiten, Müller. Einen Kaffee? Bis ich wiederkomme, überlegen Sie, was wir damit alles anstellen können."

Sandor brachte Müller ein Stück Marillenkuchen, als er dessen Tasse in den kleinen Garten balancierte. Müller hatte nachgedacht, nicht nur seit Sandor ins Haus gegangen war, sondern schon seit dem Vorabend.

Drei Gründe für Charlottes Tod erschienen ihm plausibel. Die Ohrfeige, die politische Gesinnung, das verhinderte Erbe.

„Gerade das mit dem verhinderten Erbe hat schon was", grübelte Müller, „auch wenn ein Zweifler fragen könnt, wieso gerade jetzt. Das mit der Hinterlassenschaft ist schon so lange her." Müller biss vom Kuchen ab. „Aber manchmal dauert es, bis Beteiligte begreifen, wie weh die Konsequenzen tun."

Charlotte war jung genug gewesen, sich noch Jahrzehnte am Leben zu erfreuen, die beiden Stiefsöhne aus erster Ehe hätten ihr Erbe damit nicht mehr in einem vernünftigen Alter antreten können.

Müller schlürfte geräuschvoll Kaffee. „Heiß! Auch Angeheiratete entwickeln eine Eigendynamik, ich nenne nur einen Namen: Hella Schwarz. Und ich weiß, wovon ich red." Seine sechs Geschwister waren ausnahmslos verheiratet.

„Jeanette", sinnierte Müller, kaute Kuchen, schluckte hinunter. „Jeanette Schwarz. Wollt schon immer Säcke von Geld, aber ihre Ehe mit dem Johannes geht tschari, zukünftiger Geldsegen wird ihr also wurst sein. Wenn die Ehe hält, dann schaut es wieder anders aus."

„Zündstoff gibt es in dieser Familie reichlich", fügte Müller hinzu und wischte sich die verklebten Haare aus der Stirn.

„Ich serviere Ihnen vor der Haustüre auf der Bank noch einen Kaffee“, lockte Sandor seinen Müller.

Die Sonne stand hoch, die Kräuter dufteten, mit seiner kurzen Ledernen war es ihm in dem kleinen Garten längst zu heiß.

Müller setzte sich in den Schatten auf die Bank, stellte die Tasse neben sich.

„Wenn es aber um die Ohrfeige und das Politische gegangen ist, war es der Bachhuber“, sagte Müller. „Das wäre nicht weiter kompliziert. Eines versteh ich ja nicht. Wieso die Charlotte Schwarz bei dem Nazisager so ausgezuckt ist, auf einmal. Das hat es vorher nie gegeben, sagt der Simon. Ich suche nach dem Grund für diesen plötzlichen Sinneswandel, Sprüche dieser Art hat Charlotte zwar nicht goutiert, aber engagiert hat sie sich nie. Und das Brautdirndl!“, sagte Müller noch einmal. „Wieso ein Brautdirndl?“

Da müsse es einen Mann geben, wegen dem Charlotte so ein Kleidungsstück besaß, vielleicht habe sie gerade geheiratet und keiner wisse davon. Oder sie habe in Kürze heiraten wollen, und auch das sei nicht bekannt.

„Müller! Eine Nacht mit Frau Lisi im Goldenen Hirschen und über ihrem Haupte hängt der Himmel voller Geigen?“, neckte Sandor seinen Kollegen.

Sandors Mangel an Fantasie dauerte Müller. Dass er für diesen jedoch nichts konnte, konzedierte er ihm. Aber von seiner Vision rückte er nicht ab. Schon dass Charlotte ein Fest gegeben hatte, irritierte ihn. Wie bei jedem Mordfall hatte er die Zeugen gebeten, sie mögen über alles berichten, auch wenn es nicht wichtig scheine, vor allem aber, wenn etwas anders sei als sonst. Und dieser Fall strotzte vor Dingen, die gar nicht so waren wie sonst.

„Charlotte gab ein Fest, zog ein Brautdirndl an, alterierte sich über einen Nazispruch, schlug jemanden ins Gesicht. Dies alles zum ersten Mal“, fasste Müller zusammen. „Ein neuer Mensch, plötzlich war Charlotte Schwarz ein neuer Mensch. Schuld daran muss ein Mann sein. Diesen gilt es nun zu finden.“

Was dieser Mann mit dem Mord zu tun habe, wollte Sandor wissen, da er doch nicht einmal auf dem Fest gewesen sei, weil Charlotte ihn sonst ohne Zweifel vorgestellt hätte.

„Sie haben mir einen Kaffee versprochen“, sagte Müller und hielt Patrick Sandor seine Tasse hin. „Die Thesi muss man auch noch einmal befragen, die weiß was, Herrgott nochmal!“

Sandor empfahl ihm, an seine sozialistischen Eltern zu denken und nicht den Unaussprechlichen zu bemühen. Außerdem wollte er wissen, ob man von der Spurensicherung etwas erfahren habe.

„Nichts“, bedauerte Müller und folgte ihm ins kühle Haus, „nichts, was uns weiterbringt.“

Von einem weiteren Gespräch mit Thesi versprach Sandor sich nichts. Ihr Talent mochte für eine Kollektion Lippenstifte im ländlichen Neiselbach genügen, für eine Erpresserin im großen Stil, die einen Mörder gängeln konnte, hielt er sie nicht. Da fielen ihm Frau Lisi und ihr Mann Poldi ein.

„Schauen Sie, dass Sie am Leben bleiben, Müller!“, sagte er und hakte seine Daumen in die ledernen Hosenträger. „Das ist ein Befehl!“

14

An dem Tag war nichts mehr zum tun. Die frisch gewaschene Wäsche war aufgehängt, meine Paradeiser hab ich hochgebunden und Zitronenmelisse angesetzt für einen Saft. Und wie der Sohn gesagt hat, dass er nach Wiener Neustadt fahrt, hab ich gesagt, da fahr ich mit. Dabei wollt ich nur bei der Heidi ihrer Frisurstuben aussteigen, damit ich hör, was es Neues gibt. Das hab ich ihm nicht gesagt, sonst hätt er geglaubt, dass ich fürs Tratschen auf einmal was übrig hab, und die Dauerwelle von meine Haar war ja noch gut. Ich bin einfach ins Auto eingestiegen, und grad vor der Frisurstuben hab ich gesagt, jetzt steig ich aus, kannst mich ja später holen. Und weil er es schon eilig gehabt hat, hat er nicht mehr diskurriert. Und bei der Heidi hab ich gesagt, dass der Sohn noch einen Weg hat und mich dann holen kommt.

Der Heidi macht das nichts, wenn man sich nur hinsetzt und ein wengerl plaudert, ohne dass sie mit den Haaren was machen muss. Ich hab sogar einen Kaffee bekommen.

Keiner war da, den man gekannt hätt, nur eine blonde Frau aus Wien, der man die Haar gewaschen hat, und die hat eh nicht verstanden, wovon die Red ist, das haben wir uns jedenfalls gedacht. Über den Mord haben wir gesprochen, worüber auch sonst. Das hat mit Tratsch nichts zum tun, sowas passiert bei uns halt nicht alle Tag.

Da sagt die Frau auf einmal, dass sie schon weiß, worum es geht, weil sie zusammen mit dem Herrn Kriminalinspektor beim Goldenen Hirschen wohnt. Das war uns neu, am Abend davor ist er ja noch allein gewesen. Lisi Irgendwas heißt sie, hat sie sich vorgestellt. Den Nachnamen hab ich nicht verstanden, den hat sie genuschelt. Und das hat einen Grund gehabt. Sie heißt nämlich nicht Müller wie der Herr Kriminalinspektor, und am rechten Ringfinger hat sie einen hellen Streifen gehabt, dort, wo man sonst einen Ehering tragt. Verheiratet ist sie mit einem anderen, hab ich mir gedacht, aber angehen tut mich das natürlich nichts.

Schrecklich ist das alles, hat sie gemeint, aber ob der Kriminalinspektor was herausgefunden hat oder nicht, darf sie nicht sagen, weil es eine laufende Ermittlung ist. Ich hab aber gewusst, dass man noch keinen Mörder gefunden hat, sonst hätten wir es vom Singer-Simon schon gehört.

Da ist die Mizzi aufgetaucht, ganz überraschend, damit hab ich überhaupt nicht gerechnet. Schlecht hat sie ausgeschaut, so bekümmert, als möchten die Sorgen ihr das Herz abdrücken. Mit der Ruh im Herrenhaus wär es aus und vorbei, hat sie gesagt, weil jeder jeden anschreien tät. Die Schanätt den Johannes und er sie. Das war man ja schon gewöhnt, dass die zwei nicht mehr miteinander können, aber jetzt der Bruder und seine Frau auch.

Nervös sind sie, hab ich mir gedacht, weil sie jetzt verstanden haben, dass man nach einem Mord einen Mörder sucht, und dass der vielleicht im Herrenhaus zu finden ist.

Redet wer davon, wer es gewesen ist?, hab ich von der Mizzi wissen wollen. Das hätt ja sein können. Kein Wort, hat sie gesagt, am liebsten wär ihnen der Bachhuber, das würden sie schon immer wieder sagen.

Eine Mördersuche ist kein Wunschkonzert, das spielt es im Radio am Samstag um drei am Nachmittag, hab ich gesagt, weil ich mich geärgert hab. So einfach kann es sich die Herrschaft im Herrenhaus nicht machen. No, da waren halt jetzt auch die Jungen am Ruder, den Alten wär das nie eingefallen, einem aus dem Dorf die Schuld einfach so in die Schuhe zum schieben, noch bevor man es sicher weiß. Die sind aus einem anderen Schrot und Korn gewesen.

Draußen vor der Tür ist was vorbeigehuscht und die Mizzi ist aufgesprungen. Die Thesi war es, und die Mizzi hat ihr noch nachgerufen, aber genutzt hat das nichts, die Thesi hat sich nicht einmal umgedreht. Ich glaub es ja nicht!, hat die Mizzi gerufen, die hat die Lackschuh an und das schöne Kleid mit den grünen Punkten!

Die hat jetzt einen Freund, hat das Mädel von der Heidi gesagt, das einem immer die Haar wascht, die Dagmar.

Was für einen Freund?, hat die Mizzi gefragt. Die hat doch gestern noch keinen Freund gehabt!

Jetzt aber schon, hat die Dagmar verschwörerisch getan, das hat sie mir heut in der Früh erzählt, ganz im Geheimen, wissen tut es noch keiner.

No, jetzt wissen wir es, auch wenn wir nicht wissen, wer es ist, hab ich da gesagt. Da ist die Dagmar rot geworden im Gesicht.

Das ist doch nichts Besonderes, dass so ein junges Mädel einen Freund hat, hat sich die Lisi gewundert.

Eh nicht, in dem Fall aber schon, weil man sich fragen muss, wo der über Nacht herkommt, hat die Mizzi stirnrunzelnd geantwortet, der Thesi ist ja noch nie wer nachgelaufen. So ein Durcheinander, wo die Frau Schalott noch nicht einmal im kühlen Grab liegt.

Angehört hat sich die Mizzi wie aus einem Heimatfilm, das tut sie immer, wenn sie sich kränkt.

Maria-Theresia muss man jetzt statt Thesi sagen, hat die Dagmar noch verraten, weil sich alle wundern werden, was aus ihr noch wird.

Spinnt das Mädel jetzt völlig?, hat die Mizzi geschimpft und die rechte Hand auf die Brust gelegt, so fest hat sie sich aufgeregt.

Das hat mir für die Mizzi leid getan, aber die Gschichtln rund um die Thesi waren mir wurst. Vom Hubertus wollt ich hören, wie es ihm geht und was er macht, weil mir das Unglück nicht aus dem Kopf gehen wollt. Das dauert Jahre, bis man sich von sowas erholt. No, überhaupt wenn die Mutter der einzige Mensch war, der für einen all die Jahre da gewesen ist, weil wie der Vater damals gestorben ist, war der Bub ja noch klein. Wer weiß, ob er sich an den Herrn von Schwarz überhaupt noch erinnern hat können. Zum sagen war eh nicht viel, die meiste Zeit ist der Hubertus auf seinem Radl herumgefahren und geredet, so richtig geredet, hat er nichts und mit niemandem. Schade, dass keine Schule war, sondern Sommerferien, das hätt ihn ein wengerl abgelenkt. Ein Stiller war er ja schon immer, ein Internat wär vielleicht was Gescheites gewesen, dort kommt man ja mehr unter Leute als wie bei uns, hat die Mizzi noch gemeint.

Da ist der Sohn mit dem Auto vorgefahren, schneller, als ich gedacht hab, aber mir war es recht. Zum erzählen hat es nichts mehr gegeben, und ich wollt nichts über unsere Leut hier in Neiselbach reden, weil ich gewusst hab, diese Lisi, die wird ihrem Herrn Kriminalinspektor alles erzählen, was sie hört, aber uns nicht, weil es ja eine laufende Ermittlung ist. Wobei, vielleicht rutscht ihr doch das eine oder andere raus, hab ich mir gedacht, weil plaudern tut sie ja gern. Da hab ich sie eingeladen, einmal zu mir hinaufzukommen.

Zeit hat sie ja gehabt, ich hab mir nicht vorstellen können, dass die Männer sie bei der Mördersuche dabeihaben wollen. Schon gar nicht der feine Herr Doktor, weil sie eine Verheiratete ist.

No, was soll ich sagen, zu meiner Lieblingsstunde am Abend ist sie gekommen, die Lisi. Zur gleichen Zeit wie am Vortag der Herr Kriminalinspektor. Eine fesche Person, hab ich mir gedacht, weil an ihr was dran ist, nicht so eine verhungerte Habergeiß. Außer Atem war sie aber auch, diese Stadtleut sind gar nichts gewohnt. Einen Hollerblütensaft hab ich ihr angeboten. Den Krug hab ich mitgenommen gehabt zu meiner Bank bei den Haselstauden und hinters Marterl in den Schatten gestellt, weil ich schwören hätt können, dass sie kommt. Umgeschaut hat sie sich und gut gefallen hat es ihr, das goldene Licht und der süße Geruch vom warmen Gras.

Gestern um die Zeit hab ich eine SMS bekommen, hat sie da gesagt. Das muss wieder am Duft gelegen haben, dass sie sowas zu mir sagt, obwohl sie mich nicht kennt.

Ich weiß, hab ich geschmunzelt, da ist ihr der Mund offen geblieben. Ich hab lachen müssen, weil so ganz genau hab ich ja nicht gewusst, ob sie die SMS vom Herrn Kriminalinspektor meint. Hätt ja auch eine andere sein können.

Hier ist er gesessen, hab ich ausprobiert, ob ich recht behalt.

Da hat sie laut aufgelacht und den Kopf nach hinten geworfen.

Ich bitte dich, komm!, hat der Müller ihr geschrieben, hat sie erzählt und wieder gelacht. Da hat man sehen können, wie sehr sie das gefreut hat. Vielleicht ist ihr Mann ein ganz ein komischer und deshalb ist sie hier, hab ich mir gedacht. Die Dinge sind nicht immer so, wie sie scheinen, hat die Großmutter früher oft gesagt.

Dass sie ihn aber Müller nennt, das ist mir komisch vorkommen. Er kann seinen Vornamen auf den Tod nicht leiden, hat sie drauf gesagt, weil seine Leut ihn Ignaz taufen haben lassen. Romantisch haben sie es in Wien gehabt, weil der Herr Kriminalinspektor schon Urlaub gehabt hat. Auf einen Kaffee und eine Sachertorten sind sie ins Lusthaus in den Prater gegangen, dorthin, wo die alten Kastanienbäume stehen und wo man die Filme fürs Fernsehen dreht, wenn man was aus der Kaiserzeit zeigen will. Schön war es, und dann sind sie zum Herrn Kriminalinspektor in die Wohnung, beim Riesenrad ist der zu Haus, dort war es noch schöner, wie im Traum, sie haben sogar vergessen, die Fenster zum zumachen, aber vielleicht ist an dem Nachmittag eh keiner am Trottoir vorbeigekommen. Da hat sie wieder lachen müssen.

No, hab ich mir gedacht, der Duft von so einem Sommerabend am Land, der hat es in sich, da erzählt dir ja jeder alles, auch wenn er dich nicht kennt.

Das Herz ist ihr fast gebrochen, wie der Herr Doktor den Müller angerufen hat, weil es in Neiselbach eine Tote gegeben hat, und dann hat sie gar nicht glauben können, dass der Müller, ihr Müller, ihr eine Nachricht schickt, dass sie wirklich nachkommen soll. Weil der normalerweise nicht so ist.

Die Augen hat sie zugemacht und laut geseufzt, und ich hab lächeln müssen. Bei einer anderen hätt ich vielleicht gesagt, die hat es mit den Nerven, aber bei der Lisi war es echt. Ein romantisches Gemüt. Und vielleicht tut gerade das dem Herrn Kriminalinspektor gut, weil sein Beruf ja nicht sehr romantisch ist. Und dass der Müller nicht ihr Mann oder ihr Verlobter ist, das war jetzt endgültig klar, weil da hätt er sie gleich mitnehmen können.

Sie hat schnell einen Koffer gepackt und ein Taxi gerufen, obwohl die so teuer sind, aber schneller als mit der Straßenbahn ist das gegangen, und ist hinaus zum Südbahnhof. Und dem Müller hat sie ein SMS geschickt, damit er weiß, wann er sie in Wiener Neustadt abholen kann. Vor längerer Zeit hat die Lisi einen französischen Film gesehen, einen schwarz-weißen, hat sie mir erzählt. Von einem Mann und einer Frau. Die Frau ist mit dem Zug ankommen, und er, er ist ganz am anderen Ende vom Bahnsteig gestanden. Zuerst haben die zwei sich nicht gleich gesehen, aber dann, dann haben sie angefangen aufeinander zuzulaufen, immer schneller und schneller, sie hat sogar die Reisetasche fallen lassen. In die Arme sind sie sich gefallen, und er hat sie wie ein Kind im Kreis gedreht. Daran hat sie denken müssen, wie sie im Abteil gesessen ist, und darauf hat sie sich gefreut. Auf eine Liebeszene im Regen am Bahnsteig in Wiener Neustadt. Daraus geworden ist nichts, weil wie der Zug gehalten hat, ist der Herr Kriminalinspektor genau vor der Wagontür gestanden, wo sie die Stufen aus dem Zug hinuntergestiegen ist. Da hätt sie nur auf ihn draufspringen können.

Dieser Sommer meint es gut mit den Liebenden, hat sie gesagt, die Maria-Theresia hat ja jetzt auch einen Schatz.

Die wer? Ich hab nicht gewusst von wem sie da jetzt redet, dabei hat sie die Thesi gemeint.

Bei der Autobusstation hat sie sie dann kennengelernt, bei der Frisurstube Heidi hat sie sie ja nur vorbeilaufen sehen. Die Lisi hat zum Supermarkt fahren wollen, sowas gibt es nicht in Neiselbach, und die Thesi nach Wiener Neustadt hinaus. Ins Plaudern sind sie gekommen, schon bei der Station, weil ihnen der Bus vor der Nase weggefahren ist und sie auf den nächsten haben warten müssen.

Sie trifft sich in Wiener Neustadt mit ihrem Freund, hat die Thesi gleich gesagt. So verliebt ist sie, dass sie das nicht für sich behalten hat können, dabei hat die Frau Lisi nur wissen wollen, bei welcher Station sie wieder aussteigen muss. Der ist ganz was Besonderes, hat die Thesi erzählt, ein Mann, um den sie alle beneiden werden, verloben würd man sich am Wochenend.

Die Lisi hat dann aber nicht länger bei mir oben bleiben können, weil im Goldenen Hirschen die Herren mit dem Abendessen auf sie gewartet haben. Von ihrem eigenen Mann, wo sie den Ehering runtergenommen hat, hat sie aber nichts erzählt.

Und wie ich ihr so nachgeschaut hab, war ich mir noch immer nicht sicher, ob es den Schatz von der Thesi wirklich gibt. Am Tag davor ist noch keine Red von dem gewesen, jetzt war man schon beim Verloben. So schnell zieht man sich kein Mannsbild aus der Taschen, und wenn, dann ist das nie was Gescheites.

15

„Ein Herr trägt keine kurzen Hosen, zum Diner auf keinen Fall!“, belehrte Patrick Sandor Müller, als dieser im Goldenen Hirschen mit nackten, knubbeligen Knien um die Ecke kam.

Müller zog die Augenbrauen hoch und wies mit rundlichem Zeigefinger stumm auf dessen kurze Lederne.

„Das ist Tracht, mein lieber Müller, ein kurze Hose nicht“, erklärte Sandor. Und dann wollte er wissen, wo denn Frau Lisi bleibe, Herr Inspektor Simon Singer gäbe im Gastgarten bei einem Krügel Bier bereits die Honneurs.

Frau Lisi würde noch promenieren, ein SMS sei bereits abgesandt, dass der Herr Doktor nämlich zu speisen wünsche, berichtete Müller manieriert und zupfte seinen Schnurbart.

Es stehe zu befürchten, dass die Landbevölkerung ihm beim Anblick solcher Knie die Lösung des Mordfalles partout nicht zutrauen würde, sagte Patrick Sandor nach einem weiteren Seitenblick, nahm seinen Müller beim Ellenbogen und schob ihn aus der Gaststube in den Garten.

Frau Lisi saß schon lachend bei Inspektor Simon Singer am Tisch und winkte fröhlich. Dunkelrosa wurde ihr Teint und sie kicherte geniert, als Dr. Sandor sich über ihre rechte Hand beugte.

Kaum hatte er sich gesetzt, schmetterte Singer ihm rastlos entgegen, dass man Thesi nicht angetroffen habe.

„Sie überfallen mich, lieber Inspektor“, sagte Sandor, „ich weiß noch nicht einmal, was ich mir Kulinarisches gönnen werde.“

Echte Neuigkeiten hatten Eile, aber jemanden nicht getroffen zu haben, eine solche Nachricht konnte warten. Dieser Ansicht war Sandor stets gewesen, vor allem wenn er hungrig war.

„Die Thesi ist unterwegs nach Wiener Neustadt zu ihrem Freund“, konnte Frau Lisi unvermutet über Thesis Verbleib Auskunft geben.

Im Herrenhaus hänge der Haussegen schief, Frau Charlottes Leichnam sei zur Beerdigung freigegeben und das Begräbnis schon am Donnerstag, also übermorgen, weil der Pfarrer nur da Zeit habe, der sei sonst anderweitig beschäftigt, sagte der Herr Inspektor in einem Atemzug und ohne Luft zu holen.

„Forelle blau nehme ich“, entschied Sandor, „und ein Glas von diesem trinkbaren Weißwein.“

„Mehr gibt es im Moment nicht zu berichten“, fasste Müller professionell zusammen.

„Der Thesi ihr Freund ist neu, gestern hat es noch keinen gegeben“, berichtete Frau Lisi dennoch.

„Blamabel“, befand Sandor, nicht gerade enthusiasmiert, „wir wissen kaum so viel wie irgendein durchschnittlicher Citoyen aus Neiselbach.“

Und weil er höchst ungern in Gaststätten auf Speis und Trank wartete, versuchte er wiederholt, die Aufmerksamkeit der Bedienung auf sich zu ziehen. Die oftmalige Verköstigung im Goldenen Hirschen war nicht nach seinem Geschmack, lieber speiste er zu Hause. Alle jedoch in seinem kleinen gelben Haus mit den grünen Läden zu bewirten, lockte ihn nicht. Im Goldenen Hirschen gab es wenigstens keinen aufdringlichen Koch, der aus der Küche eilte, um Gäste mit seinen lächerlich winzigen Kreationen auf großen Tellern zu molestieren. Es wurde merklich kühl, obwohl der Tag überaus warm gewesen war, Speisen hatte man noch immer nicht gereicht. Frau Lisi legte eine Weste über ihre Schultern, Müller rieb seine knubbeligen Knie. Der Neiselbach fließt am Goldenen Hirschen vorbei, daran mochte das plötzliche Abkühlen wohl liegen, nur dem einheimischen Inspektor Singer war ein Frösteln nicht anzumerken. Als der Weißwein in Sandors Glas ihm schließlich wärmer als die Landluft schien, schlug er einen Ortswechsel vor. In der holzgetäfelten Gaststube waren Tische frei.

In Gaststuben gleichen sich ewig die Bilder. Fünf Weißweintrinker standen an der Schank, dieselben wie zwei Tage zuvor. Anders verhielt es sich nun mit Sandors Wissensstand, Inspektor Singer hatte ihm Nachhilfeunterricht in Neiselbacher politischer Gesinnung erteilt. Die fünf Männer waren Herrn Bachhubers engste Freunde und politisch mit ihm einer Meinung. Auch pikante Einzelheiten wie die Ölbilder von Herrn Hitler und drapierte deutsche Flaggen hatte Singer ihm nicht verschwiegen. Anwesend war Herr Bachhuber im Moment allerdings nicht.

Es wurde serviert, dem Fiakergulasch galt die allgemeine Präferenz, aus dem Gastgarten kamen mehr Gäste in die Stube, selbst den Einheimischen wurde es zu kühl.

„Da ist der Bachhuber“, murmelte Inspektor Simon mit schiefem Mund.

„Welcher ist es?“, fragte Frau Lisi, denn drei Männer drängten zugleich durch den Eingang.

„Der Herr, der die bolschewistische Selbstgedrehte pafft“, sagte Sandor und hob Mittelgräte und Schwanzflosse seiner Forelle leicht mit der Gabel an.

Devastiert sah er aus, der Herr Bachhuber, als hätte er die letzten Tage reichlich Alkohol konsumiert. Fraglich war, ob ihm zu diesem Zeitpunkt bewusst war, dass so mancher ihn für einen präsumtiven Mörder hielt.

Seine fünf Freunde starrten ihm missmutig entgegen, hoben zum Gruße lediglich das Kinn und drehten ihm den Rücken zu. Bachhuber verstand die Welt nicht mehr, das konnte man sehen. Er wurde penetrant, rückte den Weichenden nach und stupste dem Nächststehenden grob seine Finger in die Brust. Dann ging alles schnell. Der Worte wurden wenige gemacht, man schubste, rempelte, bald flog die erste Faust. Es folgten weitere, im Nu wälzte sich alles auf dem Boden. Inspektor Singer und auch Müller sprangen auf, um einzugreifen. Der Spuk dauerte nicht lange und es kehrte wieder Ruhe ein, als Sandor gerade eben seinen Kampf mit einer Gräte beendete.

An die Schank gelehnt, saß Bachhuber mit verquollener Nase am Boden, reichlich Blut tropfte aus der Nase auf seine Hemdbrust.

„Ihr werdet mich schon noch kennenlernen!“ stöhnte er und fuhr sich mit dem rechten Handrücken über den Mund. „Ihr Arschlöcher!“

16

Ich hab ja geglaubt, ich hör nicht recht! Wie der Sohn mir erzählt hat, dass der Herr Maximilian ihm am Vormittag mit einem neuen Mercedes in der Kurven beim Ortsanfang von Neiselbach entgegengekommen ist. Mit einem neuen Mercedes! Dabei war sein Auto, mit dem er sonst gefahren ist, ja nicht alt. Gefallen hat mir das gar nicht, weil das so ausgeschaut hat, als würd er sich das kaufen können, weil die Frau Schalott gestorben ist. Umgebracht worden eigentlich, was noch viel schlimmer ist. So eilig hätt er es nicht haben brauchen, sie war ja noch nicht einmal unter der Erde. Und ein Depp ist er obendrein, hab ich mir gedacht, weil er jetzt richtig verdächtig ist. Jeder wird sagen, dass er das Geld schon so nötig gehabt hat, dass er seine Stiefmutter okragelt hat.

Und wie die Schwiegertochter nach Haus gekommen ist, hat sie mir erzählt, dass die Frau Hella schon herumerzählt hat, dass ihre Kinder bald in eine Privatschule kommen. In was Besseres halt als in die Schule in Wiener Neustadt. Da muss man sich zuerst einmal fragen, ob die dicken Bangerten überhaupt imstand sind, in so einer Schule mitzukommen!

Richtig schiach war mir, wie ich mir denkt hab, dass die Frau Schalott hat sterben müssen, damit der Herr Maximilian mit einem neuen Schinakl spazieren fahren kann und die Kinder woanders in die Schule gehen.

Und das mit dem Bachhuber hat mir der Sohn dann auch noch erzählt. Dass seine Freund im Goldenen Hirschen ihn fest gedroschen haben. Er sie auch, aber bei fünf gegen einen hat er mehr Watschen einstecken müssen. Da hat er ihnen gedroht, dass sie ihn kennenlernen werden. No, da hab ich mir gedacht, dass man ja noch immer nicht weiß, ob es nicht doch der Bachhuber gewesen ist, und dass mir das nicht gefallen würd, wenn ein Mörder zu mir sagen tät, ich werd ihn schon noch kennenlernen.

Aber was mit seinen Freunden los war, das hab ich nicht gleich verstanden. Dass die mit ihm auf einmal nichts mehr zu tun haben wollen. Die waren sich politisch schon immer einig, da hätt ihnen doch gefallen müssen, was der Bachhuber plärrt hat, dass der Jud an allem schuld ist. Und dass die Frau Schalott ihm deswegen eine Watschen geben hat, kann ihnen nicht gefallen haben. Und wenn man sich dann dafür rächt, muss es ihnen doch eigentlich auch wieder gefallen haben.

Es kann aber auch sein, hab ich mir dann gedacht, dass ihnen das doch eine Schuhnummer zu groß gewesen ist. Dass wer umgebracht worden ist nämlich, noch dazu eine Frau, und dann gleich eine, die in Neiselbach was dargestellt hat. Gescheit daherreden, das ist eine Sache, aber dann gleich ein Mord, das ist schon ganz was anderes. Und wenn sie geglaubt haben, dass es der Bachhuber gewesen ist, haben sie wahrscheinlich lieber gleich vergessen, woran sie geglaubt haben, und mit ihm nichts mehr zum tun haben wollen. Und die, die immer am lautesten geschrien haben, die haben es dann nie so ernst gemeint. Das kennt man schon, mein Lebtag hab ich sowas erlebt.

Am liebsten wär ich gleich wieder zur Heidi in die Frisurstuben hinunter, hören, was die anderen sagen. Aber der Sohn hat rauf in den Wald und nach den Kühen schauen müssen und die Schwiegertochter ist mit ihm mit. Da hab ich zu Haus bleiben müssen. Aber am nächsten Tag war schon das Begräbnis, bei sowas kommt man unter Leut. Und die Frau Lisi, die Freundin vom Herrn Kriminalinspektor, die hätt am Abend auch noch vorbeischauen können, auf einen Plausch beim Marterl neben den Haselstauden.

17

„Grünberg", sagte am Mittwochmorgen eine kultivierte Stimme am Telefon, und der Name, der Patrick Sandor an die grünen Hügel von Neiselbach erinnerte, die er durchs Fenster sehen konnte, war ihm sogleich sympathisch.

Es war der Mann, nach dem sein Müller gesucht hatte, der Mann in Charlotte von Schwarzens Leben. Die Erklärung, wieso man erst jetzt von ihm hörte, war trivial. Geschäftlich in Übersee, erst am Vortag habe er sich zurückgemeldet und von der schrecklichen Tat erfahren. Morgen würde er zum Begräbnis nach Neiselbach kommen, jedoch nicht bleiben, im Herrenhaus nicht, und sich im Goldenen Hirschen auch kein Zimmer nehmen.

Aber um ein Treffen nach dem Begräbnis bat er den Herrn Doktor.

18

Am Nachmittag ist es dann passiert. Der Bachhuber hat zugegeben, dass er die Frau Schalott ogekragelt hat!

Am Nachmittag hat das Telefon so lang geläutet, dass ich doch drangegangen bin, weil die Meinigen noch allweil im Wald gewesen sind. Sonst hab ich es nicht mit dem Telefonieren, aber weil es nicht aufgehört hat zum läuten, bin ich hin. Die Mizzi war es und hat es mir erzählt. Dass der Bachhuber gestanden hat, dass er die Frau Schalott umbracht hat, wegen dem Politischen, wegen der Watschen nicht. Gleich nach dem Mittagessen ist er wieder in den Goldenen Hirschen gegangen, hat sich ein paar Glasln Wein bestellt und es dann gesagt. Dass er es gewesen ist.

No, da haben sie vom Goldenen Hirschen den Singer-Simon angerufen und der ist gleich gekommen, mit dem Herrn Doktor und dem Herrn Kriminalinspektor. Den Bachhuber haben sie weggebracht und sind mit ihm nach Wiener Neustadt hinaus, in Neiselbach gibt es kein Gefängnis. Die Frau vom Bachhuber hat mir leidgetan, aber vielleicht hat sie es eh besser ohne den Kerl, hab ich mir noch gedacht. Und dass es doch eine Gerechtigkeit gibt auf Erden, weil man den Mörder schon kennt, bevor man die Frau Schalott in die geweihte Erde legt. So kann es gehen, am Morgen hätt es noch der Herr Maximilian gewesen sein können, so unschön, wie sich der benommen hat, und auch seine Frau. Jetzt ist es doch anders gekommen.

Weil der Bachhuber, so wie es ausschaut, auf dem Fest doch nüchtern genug gewesen ist, jemanden umzubringen.

19

In der Früh war es am Donnerstag so heiß wie am Tag vom Geburtstagsfest, als würd der Himmel einen erinnern wollen, wie alles begonnen hat.

Ich bin mit der Schwiegertochter zeitig hinauf zum Friedhof nach Siebenstein, nicht weil da schon das Begräbnis gewesen wär, aber weil bei der Hitze die Blumen zum Gießen waren. Wir haben keine Steinplatten auf unseren Gräbern, ein jeder pflanzt auf seinem Familiengrab Blumen und Wurzen, um die muss man sich kümmern. Ein wengerl ist das so, als würd man ein paarmal die Woche nach den Verwandten schauen. Das Grab für die Frau Schalott, das hat man schon geöffnet gehabt, das Familiengrab von den Schwarzens, wo schon ihr Mann drinnen gelegen ist. Das Graböffnen, das ist bei uns in Siebenstein immer so eine Sache, weil der Friedhof auf einem Lehmboden steht und der Lehm konserviert. Da können einem schon manchmal die Knochen von toten Verwandten entgegenkommen. Ich war noch ein Kind, da haben sie unser Familiengrab aufgemacht, wegen dem Großvater, und der Schädel von der Uroma ist herausgerollt, die Großmutter hat den am langen Vorderzahn erkannt. No, damals hat mir hübsch gegraust, aber an diesem Tag waren keine Knochen von den Schwarzens zum sehen. Lang haben wir nicht bleiben können, wir haben nach Haus müssen, uns fürs Begräbnis fertig machen. Ich hab wissen wollen, wer aller kommen wird und was die anhaben werden, die Frau Schalott war ja schließlich wer. Das Begräbnis von ihrem Mann, dem Herrn Eduard von Schwarz, das ist damals im Jänner gewesen. Es war eine richtige Pelzleich, alle sind sie im Pelzmantel und mit teuren Autos gekommen.

Um halb drei war ich dann wieder oben in Siebenstein, mit dem Sohn und der Schwiegertochter, um drei hat es mit der Messe anfangen sollen. Mir ist das lieber, wenn ich zeitig dran bin, weil ich mich setzen muss, und wenn ich da zu spät komm, find ich nur ganz hinten was, wo ich nichts sehen kann. In der zweiten Reihe bin ich in der Kirche gesessen, gleich hinter der Familie von Schwarz, die noch gar nicht da war, und froh war ich über meine Westen, weil es in der Kirchen richtig kühl gewesen ist. Kein End hat das genommen mit den Leuten, die dahergekommen sind. Unsere Kirche in Siebenstein ist eine kleine, alte, wir brauchen für unsere paar Leut nichts Größeres, aber an dem Tag wär es gescheiter gewesen. Fesch waren alle, ein paar Damen aus Wien haben einen schwarzen Hut getragen, ich nicht, weil Hut tragt nur die Herrschaft, das hat schon die Großmutter gesagt. Ein wengerl komisch war das schon, dass es zuerst eine Messe in der Kirche gegeben hat, das war aber vielleicht die Idee von unserem Herrn Pfarrer. Ich hab ja gehört gehabt, dass er nur an dem Tag Zeit gehabt hat und dann erst wieder nächste Woche. Viele haben draußen stehen bleiben müssen, weil kein Platz mehr war. Unser Friedhof mit den alten schmiedeeisernen Kreuzen ist ja schön, aber in der prallen Sonne draußen stehen hätt mir trotzdem nicht gefallen. Da war es im Kühlen schon besser und feierlich nach Weihrauch hat es auch gerochen.

Von der Familie war kurz vor drei noch niemand zum sehen, aber die Mizzi ist hereingehuscht und hat sich zu mir in die zweite Reihe gesetzt. Der Pfarrer ist bei der Kirchentür gestanden und hat noch jedem die Hand geschüttelt. Und die Mutter von der Thesi, die ist auch gekommen, mit ihrer Anni, aber ohne den kleinen Buben. Die Thesi, die war auch nicht zum sehen.

Dann waren sie da, der Herr Maximilian mit seiner Hella und der Herr Johannes mit seiner Schanätt, die beiden Damen mit einem Hut und drauf sogar ein Schleier. Die dicken Bangerten waren nicht dabei, aber ein Herr, ein schlanker mit grauen Haaren, der hat sich in die erste Reihe zu ihnen gesetzt. Ob das ein Verwandter von der Frau Schalott aus Deutschland gewesen ist, hab ich nicht gewusst. Wer aber nicht gekommen ist, das war der Hubertus. Vielleicht ist ihm das alles zu viel, hab ich mir noch gedacht.

Dann hat unser Organist zum spielen angefangen und alle haben gewusst, jetzt fangt es an. Schön war die Predigt, von all dem Guten von der Frau Schalott hat der Herr Pfarrer gesprochen, und wie sehr sie uns allen fehlen wird. Da hat er recht gehabt, weil leiden tun immer die Hinterbliebenen, die Toten haben es schon hinter sich. Der Organist hat wieder angefangen zum spielen, ein Stück, das jeder kennt, aber eingefallen ist mir da nicht, wie es heißt. Und plötzlich, so mir nichts dir nichts, spielt eine Geigen im Chorgestühl da oben mit. Der Hubertus! Mit silberblonde Locken und Augen wie der Himmel so blau. Da sind mir die Tränen gekommen.

Die Frau Schalott, die ist in der Aufbahrungshalle in ihrem Sarg gelegen, in die Kirchen hätt man den nicht reingebracht. Da haben wir alle jetzt noch hinmüssen, sie abholen und ihr das letzte Geleit geben bis zu ihrem Grab. Es war ein bissel ein Durcheinander, ich hab ja schon gesagt, dass sonst keine Messe abgehalten wird, da fangt man bei der Aufbahrungshalle an und geht von dort zum Friedhof. Aber vielleicht hat sich das die Familie so ausgedacht und nicht nur der Herr Pfarrer, weil viele aus Wien gekommen sind, und da ist das alles in einem Aufwasch gegangen. Die Messe und die Bestattung.

Die Musi hat den Zug angeführt. Angehört hat sich das wie eine Musikkapelle aus Sizilien. Aber vielleicht ist es mir nur so vorkommen, weil es nach der kühlen Kirche am Weg zur Halle grauslig heiß gewesen ist. Man muss nur über das Platzerl zwischen Friedhof und Wirtshaus hinüber, aber da steht kein einziger hoher Baum. Da brennt die Sonn den ganzen Tag auf den Asphalt, da brennt es einen dann auch unter die Füß. Vielleicht hat sich die Musi aber auch so angehört, weil sie am Tag davor zu einem Geburtstag hat aufspielen müssen, wo es lustig hergangen ist.

Vor der Kirchen sind sie noch in Gruppen zusammengestanden, da schaut man ganz genau, wer da ist, und kann sich aussuchen, mit wem man in der gleichen Reihen geht, da kann man ratschen, wenn man sich schon eine Weile nicht unterkommen ist. Ich hab mich ja nicht umschauen müssen, ich wollt mit der Mizzi gehen.

Der Herr Doktor und der Herr Kriminalinspektor sind auch in der Kirche gewesen, die Frau Lisi, die Freundin vom Kriminalinspektor, nicht. Anständig hab ich das gefunden, weil gekannt hat sie die Frau Schalott ja nicht, und ein Begräbnis ist kein Viehauftrieb.

Getan hat die Familie, ich mein den Herrn Maximilian und den Herrn Johannes und die beiden Damen, als hätt ihnen der Tod das Herz gebrochen. Gesagt hab ich nichts, aber geglaubt hab ich es nimmer. Nicht nach der Geschichte mit dem Mercedes und der neuen Schule. Und wie die Mizzi mir dann noch gesagt hat, dass es da oben im Herrenhaus jetzt dauernd Streit gibt, hab ich Bescheid gewusst. Dass das noch was werden wird mit dem Erben und dem Teilen. Weil sich jeder für was Besonderes hält. Und der Hubertus, der so schön gespielt hat, der würd nur auf seiner Motocross-Maschine sitzen und auf den Forstwegen herumfahren und noch immer mit niemand reden. Da hat mir die Mizzi noch zugeflüstert, dass sie gehört hat, dass man dem Herrn Maximilian den Mord zutraut hätt, aber dem Bachhuber sein Geständnis ist da in die Quere kommen.

Da ist die Mutter von der Thesi zu uns gekommen und die Mizzi hat nicht weitergeredet. In einer Reihe wollt die mit uns gehen, sie ist ja meine Nachbarin. Und wie wir angefangen haben zum gehen, da ist die Thesi auf einmal dagestanden. Ich hätt sie gleich gar nicht erkannt, so geschminkt, wie die war. Komisch hat sie ausgeschaut, die Augenlider ganz blau und die Lippen kirschrot. Ich hab geglaubt, die Mutter frisst sie auf. Ausgeschamtes Luder, hat sie die Thesi anzischt, und auch wenn man reden kann im Trauerzug, laut werden sollt man besser nicht. Am Arm hat die Mutter sie gepackt und geschüttelt, ein Tuch aus der Handtasche genommen und der Thesi in die Hand gedrückt. Den Lippenstift abwischen hat sie sich müssen.

Und wie die Glocken zum läuten angefangen haben, hat man gewusst, der Pfarrer ist aus der Kirchen und am Weg zur Aufbahrungshalle. Dort hat man sich in ein Kondolenzbuch eintragen und vor dem Sarg noch persönlich von der Frau Schalott Abschied nehmen können. Der Sarg war kaum zum sehen, der ist in einem Meer von Blumen untergegangen. Und auch davor und links und rechts sind überall Kränze und Gestecke am Boden gelegen. Vielleicht hätt sie im Leben mehr Freud an so vielen Blumen gehabt als wie jetzt, das denk ich mir immer bei einem Begräbnis, aber es gehört sich halt. Wir, der Sohn, die Schwiegertochter und ich, haben ja auch ein Gebinde machen lassen.

Dann sind wir wieder losmarschiert, den Weg zum Friedhof zurück. Ich war nicht in den vorderen Reihen, so schnell kann ich mit meinen orthopädischen Schuhen und dem Stock nicht gehen, da hätt ich alle hinter mir aufgehalten. Es war aber nicht mehr viel zum sehen, der Pfarrer hat den Sarg gesegnet, kurz noch was gesagt, was ich nicht gehört hab, dann hat man den Sarg in die Grube runtergelassen und die Glocken haben wieder geläutet. Jeder hat noch ein Schauferl Erde ins Grab geleert, dem Helfer ein Geldstück in die Hand gedrückt, dann war es vorbei und wir sind am Platzerl vor der Kirche gestanden.

Leichenschmaus hat es dann gegeben, unten im Gasthaus, beim Goldenen Hirsch. Ich hab schon gehört, dass manche Leut aus der Stadt das pietätlos finden, dass man nach sowas gleich zum Essen geht. Aber das hat damals seinen Sinn gehabt, wenn man von oben vom Berg oder weit aus einem Tal hat hermarschieren müssen, da hat man schon Kräfte sammeln müssen, um wieder zurückgehen zu können. Heut ist das nicht mehr so, aber das Zusammensitzen, find ich, hat schon was Tröstliches. Der Fremde, der in der Kirche in der ersten Reihe gesessen ist, der ist nicht gekommen. Und der Singer-Simon, der ist zu einem Verkehrsunfall gerufen worden, da gibt es viele bei uns in Neiselbach, weil die Straße nach Wiener Neustadt durchs Piestingtal so viele Kurven hat.

Lang sind wir nicht geblieben, wir sind nicht von der Familie und auch keine engen Freund.

Aber gehört hab ich es noch. Dass man das ganz furchtbar gefunden hat, dass der Hubertus am Begräbnis der eigenen Mutter auf der Geigen spielt.

20

Der junge Hubertus von Schwarz hatte in der Kirche das *Ave Maria* von Schubert gegeben. Ob das seinem Geschmack oder dem Anlass entsprach, konnte Patrick Sandor nicht sagen.

Man bat Müller und ihn zum Leichenschmaus, mit vermeintlichem Bedauern lehnten beide ab. Müller zog es vor, mit Frau Lisi durch umliegende Wälder zu streifen, was er allerdings nicht zugab. Sandor hatte ein Rendezvous in seinem gelben Haus mit den grünen Läden.

„Grünberg", sagte die kultivierte Stimme. Vor der Türe stand der Herr, der beim Begräbnis in der Kirche neben der Familie Schwarz in der ersten Reihe gesessen war.

Sandor bat ihn weiter ins Grüne, an solch einem Tag im Hause zu sitzen, hielt er für ein Verbrechen. Beide nahmen unter der Markise Platz, Sakko und schwarze Krawatte legten sie ab.

Ein Mann mit gebrochenem Herzen. Er erzählte von einer hinreißenden Charlotte, die er vor einem Jahr bei einem Ausflug nach München kennen und lieben gelernt hatte. Seinen Heiratsantrag hatte sie angenommen, wollte mit ihm Neiselbach und das Herrenhaus verlassen und nach Deutschland zurückkehren. Auch Hubertus sollte mit. Sie war nicht glücklich hier gewesen, seit dem Tod ihres ersten Mannes nicht mehr. Nie war sie heimisch geworden und seit Eduard von Schwarzens unglücklichem Testament war sie in der Familie nur gelitten.

Es war kein Geburtstagsfest, das Charlotte gegeben hatte, vielmehr ein Abschiedsfest, um allem hier, dem Ort, den Leuten, insgeheim Lebewohl zu sagen. Und als Talisman für den Aufbruch in eine fröhliche Zukunft hatte Charlotte das Brautdirndl angelegt. Drei Tage vor dem Fest hatte man still geheiratet. Sie habe kindlichen Gefallen daran gefunden, dass niemand etwas ahnte. Er selbst sei dem Fest ferngeblieben, weil man beim Abschiednehmen nie stören solle. Kommendes Wochenende hätte man alles publik gemacht.

Zitternd holte Herr Grünberg Luft und blinzelte ins Tal. Wind hatte sich erhoben und ließ entferntes Kuhglockengeläute nah erscheinen.

Er selbst sei schuld an ihrem Tod.

Schuld und Sühne waren Sandor nicht fremd, doch den Zusammenhang zu Charlottes Tod konnte er nicht erkennen.

Sie wäre an einer Ohrfeige gestorben, eine Ohrfeige, die sie einem Elenden gegeben habe, seufzte Herr Grünberg auf, und auch an dieser wäre er schuld.

Diese habe vielleicht beim Mordmotiv mitgespielt, auch wenn Herr Bachhuber selbst auf rein politischen Gründen beharre, Herrn Grünbergs Schuld erkläre dies nicht.

„Ich bin Jude“, sagte Grünberg.

„Radfahrer sind sie nicht?“, fragte Sandor.

Stumm schüttelte Herr Grünberg den Kopf, er schien nicht zu verstehen.

„Verstümmelt aus einem alten Film zitiert“, sagte Sandor. „In diesem hieß es, die Juden und die Radfahrer wären schuld. ‚Wieso die Radfahrer?‘, fragte man da. ‚Wieso die Juden?‘, hieß es dann.“

Den Film kannte Herr Grünberg nicht.

Er habe Charlotte zu viel erzählt, von seiner eigenen Familie, von der nach den vierziger Jahren nichts übrig geblieben war. Das hatte sie über die Maßen gerührt, als habe sie vorher niemals davon gehört. Obwohl die Familie von Schwarz doch jüdischen Ursprungs war.

Der Ururgroßvater derer von Schwarz, noch ein simpler Schwarz, stammte aus dem Ghetto in Frankfurt, ebenso wie die Rothschilds, und war von dort hierher ins Tal gezogen. Er hatte mit Manufakturwaren gehandelt, einer seiner Nachfahren hatte später mechanische Webstühle und Spinnmaschinen aus England importiert, so war man mit der stattlichen Textilfabrik unter Kaiser Franz Josef zum k.u.k. Hoflieferanten avanciert und hatte noch ein kaiserliches *von* verliehen bekommen. Von all dem profitiere die Familie immer noch, auch wenn es die Fabrik nicht mehr gab. Umsichtig hatte man beizeiten Wald und Land gekauft und war überdies konvertiert. Vor mehr als drei Generationen, das war in der schlimmen Zeit die Rettung gewesen. Ob sich noch jemand im Tal daran erinnern konnte, dass die Schwarzens einmal Juden gewesen waren, war fraglich. Die Schwarzens selbst jedenfalls konnten oder wollten sich nicht erinnern, schloss Herr Grünberg und seufzte tief.

Man war über die Jahrzehnte sehr katholisch geworden, gab Sandor zu bedenken, das zeigten die Namensschilder in der ersten Bank der Kirche.

„Morgen reise ich ab“, sagte Herr Grünberg. „Hier hält mich nichts mehr.“

„Hubertus?“, fragte Sandor.

Der bleibe im Herrenhaus, er kenne ihn doch kaum, antwortete Herr Grünberg, die Heirat habe Charlotte ihrem Buben erst nach dem Fest gestehen wollen, dazu sei es bekanntlich nicht gekommen.

Herr Grünberg erhob sich, nahm Sakko und schwarze Krawatte.

„Ich wünschte, ich wäre Charlotte nie begegnet", seufzte er zum Abschied. „Ohne ihr unseliges Engagement wegen Herrn Bachhubers Äußerung wäre sie noch am Leben."

An Wünsche hält das Leben sich bekanntlich nicht, dachte Patrick Sandor und schwieg.

Müd war ich am Abend. Mehr wie sonst. Mit dem Begräbnis hat das zum tun gehabt, man glaubt ja gar nicht, wie einen das lange Stehen und Sitzen zurichtet. Und wieder war es so schwül, dass man sich ein Gewitter richtig gewünscht hätt. Ich hab gleich meine guten Sachen ausgezogen, nur die Kombinesch hab ich anlassen und drüber mein Schürzenkleid gezogen. Sonst bin ich an dem Tag zu gar nichts gekommen, nur noch zum Gießen in den Garten, für die Kräuter und den Salat war es ohne Wasser viel zu heiß. Aber die Gemüsesuppe, die ich für den nächsten Tag hab aufstellen wollen, die hab ich sein lassen.

Die Meinigen sind zum Mostheurigen gefahren, der hat seit dem Vortag geöffnet gehabt, oder ausgesteckt, wie man bei uns sagt, auf einen Most und eine Brettljause. Ich hab nicht mitwollen, sondern lieber meine Ruh haben. Außerdem weiß ich, dass die beim Heurigen nichts Selbergemachtes servieren. Die kaufen den Speck und das Geselchte und auch den Most am Großmarkt und verkaufen es teurer. Da brauch ich nicht zum Heurigen gehen, sag ich immer, kaufen kann ich mir das selber. Gerade das Selbergemachte ist ja das Gute.

Vor die Tür bin ich gegangen, draußen war es viel wärmer als in unserem Steinhaus. Sogar dem Wolfi war es für einen Spaziergang zu heiß, der ist auf den Steinen gelegen und hat sich nicht bewegt. Warm hat es wieder gerochen, nach Gras und Kräutern, und über den Bäumen im Tal ist ein fliederfarbener Schleier gelegen, so dunstig war die Luft. Ganz weh ist mir ums Herz geworden, dass die Frau Schalott nichts mehr davon hat. Und wie ich mich umdreh, da seh ich sie sitzen, auf meiner Bank beim Marterl, bei den Haselstauden.

Das Herz ist mir stehen geblieben!

Es war aber nicht die Frau Schalott, sie hätt es ja auch gar nicht sein können, es war nur eine Frau mit blonden Haaren. Da hab ich über meine eigene Blödheit lachen müssen. Bis ich gesehen hab, dass es die Frau immer wieder beutelt. Da erst hab ich sie erkannt, mein Lieblingsplatz ist ja nicht gleich beim Haus, sondern ein Stückl weiter weg. Die Frau Lisi war es. Ich hab in meinen Korb einen Hollersaft getan, einen Ribiselkuchen und Taschentücher aus Papier, und bin hin zu ihr. Schon von Weitem hab ich sehen können, dass es ihr nicht gut geht.

Ganz rot im Gesicht war sie vom vielen Weinen, die blonden Haare ganz zerrauft, und immer wieder hat es sie geschüttelt, so viel hat sie schluchzen müssen. Mit Reden war da nichts. Ich hab ihr einen Saft in einem Häferl auf die Bank gestellt und ein Stück Kuchen hingeschoben. Taschentücher hab ich ihr auf den Schoß gelegt, das ihrige war schon ganz nass.

Ich hab mich zu ihr hingesetzt und gedacht, dass man nur als Kind oder als ein ganz junger Mensch so weinen kann. Ich hab gewusst, irgendwann bekommt sie wieder mehr Luft und dann fängt sie zum reden an. Dass was passiert sein muss, das hat ein Blinder sehen können, hätt meine Großmutter gesagt.

Die Frau Lisi hat nach dem Häferl getastet ohne hinzuschauen und einen kleinen Schluck genommen. Dann hat sie was gesagt. Gestammelt eigentlich, verstanden hab ich nichts. Da bin ich näher zu ihr hingerutscht, hab ihr die Hand auf den Unterarm gelegt und leise gesagt, dass ich sie nicht verstanden hab. Noch zweimal hat sie es stammeln müssen.

Er hat eine andre, hat sie endlich herausgebracht. Und ich hab zuerst mit dem Kopf genickt, als wär das verständlich oder als hätt ich das eh schon gewusst. Verstanden hab ich es aber nicht. Wozu der Herr Kriminalinspektor seine Geliebte aus Wien nachkommen lasst und sich gleich hier eine neue anlacht. Und wer dieses neue Pantscherl hätt sein sollen, dazu ist mir auch nichts eingefallen.

Es ist schon ein Gfrett mit den Mannsbildern, hab ich zu ihr gesagt, weil das immer passt. Dann hab ich warten müssen, bis sich die Frau Lisi ein wengerl beruhigt, die hat ja kaum einen geraden Ton rausgebracht. Einen Kuchen hab ich ihr erst gleich gar nicht angeboten in dem Moment, sie hätt sich furchtbar verkutzen können. Die linke Hand hab ich ihr gestreichelt, mit der rechten hat sie sich das Taschentuch auf den Mund gepresst, und ihre Augen waren so verweint, dass ich mich wundern hab müssen, dass sie überhaupt noch was sieht.

Ein SMS, dass er eine andere hat, hat er ihr geschickt, hat die Frau Lisi dann gesagt. No, da hab ich mich schon gefragt, ob der Herr Kriminalinspektor jetzt völlig deppert worden ist, in dem kleinen Neiselbach braucht man keine Nachricht schicken, man rennt sich eh dauernd über den Weg. Beim Abendessen im Goldenen Hirschen hätt er die Frau Lisi ja sowieso gesehen und es ihr ins Gesicht sagen können.

Sowas tut man nicht, hab ich zu ihr gesagt, und dass sie froh sein soll, dass sie ihn los ist.

Vier Jahre verheiratet und dann sowas, hat die Frau Lisi geschluchzt und wieder ganz laut zum weinen angefangen.

Da war ich überrascht. Dass sie mit dem Herrn Kriminalinspektor wirklich verheiratet war. Die zwei sind mir mehr wie ein heimliches Liebespaar vorkommen, der Familienname, den sie allweil nur genuschelt hat, der helle Streifen auf ihrem Ringfinger, das späte Nachkommen mit dem Zug aus Wien. Alles halt. So kann man sich täuschen im Leben. Aber ich hab schon gehört von Ehepaaren, die solche Späße mögen, weil dann die Ehe wie neu sein soll. Auf was für Ideen die Leut heutzutage kommen, früher hat man für solche Blödheiten keine Zeit gehabt.

Ob sie am gleichen Abend noch zurückfahrt nach Wien, hab ich wissen wollen, der Singer-Simon hätt sie zum Bahnhof nach Wiener Neustadt bringen können. Nein, hat sie mit dem Kopf geschüttelt. No, wenn ich sie gewesen wär, um nichts in der Welt wär ich über Nacht im selben Hotelzimmer mit dem Herrn Kriminalinspektor geblieben. Vielleicht hofft sie ja doch auf eine Versöhnung, hab ich mir gedacht.

Kinderl, hab ich sie also getröstet, so eine Liebschaft geht vorbei, Männer sind halt manchmal ein bissel wurlad im Kopf.

Es ist aus, hat sie leise gesagt, das meint er ernst.

Also, wenn nicht heut, no, dann fahren sie morgen zurück nach Haus, der Fall ist ja gelöst und der Bachhuber sitzt im Gefängnis. Und in Wien renkt sich dann alles wieder ein. Das hab ich der Frau Lisi gesagt. Und weil es mir keine Ruh gelassen hat, wollt ich noch wissen, wer denn jetzt diejenige aus Neiselbach ist, die sich dem Herrn Kriminalinspektor an den Hals geschmissen hat, auch wenn dazu ja immer zwei gehören.

Wer redet denn vom Müller und jemand aus Neiselbach?, hat die Frau Lisi da geschluchzt. Mein Mann, der Poldi, will eine andere!

22

Man saß unter alten Bäumen im Gastgarten des Goldenen Hirschen, Simon Singer, Patrick Sandor und Müller. Sandor, der sich wie gewohnt für das Abendessen umgezogen hatte, war hungrig, und Revierinspektor Singer winkte hinter Müllers Kopf hektisch der Bedienung, die noch nicht zu sehen war. Dass er zu alldem noch die Augen aufriss, fand Sandor unglaublich engagiert, wenngleich ein wenig übertrieben.

„Und Frau Lisi?", fragte Sandor, zog fragend die Augenbrauen hoch und entfaltete seine Serviette. Antwort bekam er keine, Müller brummte und legte mit Bierdeckeln eine Patience. Singers wildes Gestikulieren hatte in der Tat nicht der Bedienung gegolten, sondern vor Müllers Laune warnen sollen.

„Geschnetzeltes in Kräuterrahm und einen Bordeaux", bestellte Patrick Sandor, „die Herren sind meine Gäste."

Müller wollt nichts essen, nur ein Bier. Er ließ die Bierdeckelpatience und begann, ein Kartenhaus zu bauen.

Revierinspektor Singer präferierte das vorgeschlagene Menü, auf den Bordeaux verzichtete er. Mit Verkehrsunfällen musste man immer rechnen und er hatte Bereitschaftsdienst.

Patrick Sandor erzählte von einem gebrochenen Herrn Grünberg, von Schwarzens Familiengeschichte und von Provenienz. Müller blieb stumm.

„Wär es der Bachhuber nicht gewesen, wären mir schon ein paar andere eingefallen", überlegte Revierinspektor Singer. An erster Stelle rangiere Maximilian von Schwarz. Ob dies der Person oder dem neuen Mercedes zuzuordnen war, dazu äußerte er sich nicht.

Als die Bedienung aus der Gaststube in den Garten kam, folgten ihr die fünf Weißweintrinker, jeder mit einem Glas in der Hand.

„Schon angestoßen auf den neuen Helden?“, rief Revierinspektor Singer.

„Was du allweil redest!“, gab der Beleibteste zurück und zuckte mit den Achseln.

„Helden sind wir selber“, fügte der Schmächtigste hinzu.

„Der hat für eure politische Gesinnung wenigstens was getan, der hat sich was getraut!“, spöttelte Revierinspektor Singer.

„Was willst?“, echauffierte sich der Beleibteste, „Es hat ihn keiner gebeten, so einen Blödsinn zum machen. Das lassen wir sich nicht anhängen, das sag ich dir, Simmerl!“

„Ich hab gleich gesagt, wir sollten drinnen in der Wirtsstuben bleiben“, beschwerte sich der Schmächtigste.

„Wo ist denn nun die Frau Lisi?“, wandte sich Sandor an Müller.

„Weg“, sagte Müller tonlos.

„Mit dem Bachhuber seid ihr also fertig?“, fragte Revierinspektor Singer die Weißweintrinker.

Was Müller mit „weg“ meine, wollte Sandor wissen, weg von Neiselbach oder vom Goldenen Hirschen, heute Abend.

„Fort“, sagte Müller.

„Die Konversation mit Ihnen, lieber Müller, gehört zu den besonderen Momenten in meinem Leben, die ich nicht missen möchte“, sagte Sandor. „Bedauerlich, dass wir so selten Gelegenheit dazu haben.“

Die Bedienung kam mit dem Diner und Patrick Sandor wies mit seinem Zeigefinger in der Speisekarte auf einen weiteren Wunsch.

„Mit dem Deppen, dem Bachhuber, haben wir nie nichts zum tun gehabt!“, behauptete der Fülligste.

Patrick Sandor legte die Serviette auf seine Oberschenkel und nahm einen Schluck Bordeaux.

„Der Bachhuber wird sich freuen, wenn er das hört“, meinte Revierinspektor Singer. „Ich wünsche wohl zu speisen!“

„Der Poldi will die Scheidung“, sagte Müller unerwartet.

Und wenn man nun dachte, die Liebesgeschichte mit Müller wäre der Grund, so lag man falsch. Tatsächlich hatte Herr Poldi selbst jemanden kennengelernt. Das war neu in dieser Geschichte, dennoch kommt solches vor. Frau Lisis Abwesenheit und Müllers Trübsal waren für Patrick Sandor damit nicht zu erklären.

„Weinend ist sie davongelaufen“, berichtete Müller, und Revierinspektor Singer nickte zustimmend.

„Erzähl es ihm ruhig, dem Bachhuber, dass wir mit ihm fertig sind“, rief der Schmächtigste Singer über die Hecke am Weg in die Gaststube zu.

„Schleicht's euch!“, brummte Revierinspektor Singer volkstümlich und winkte ab.

„Und Sie sind nun unglücklich, weil Frau Lisi jetzt frei ist und Sie sie am Hals haben“, erwog Patrick Sandor.

Die Bedienung brachte Würstel mit Gulaschsaft, Sandor wies mit der Hand zu Müller hin.

„Sie hat geweint“, wiederholte Müller und starrte in den Teller.

„Weil sie von einem Kapitel in ihrem Leben Abschied nimmt?“, schlug Sandor pragmatisch vor.

„Weil sie den Poldi noch liebt“, sagte Müller. „Morgen früh verlass ich Neiselbach, ich fahr heim zu meinem Wiener Riesenrad“.

23

Mit jedem Jahr, das ich älter werd, vergeht die Zeit mir schneller. Das hat schon immer die Großmutter gesagt, aber damals hab ich nicht verstanden, wovon sie redet. Aber grad die Woche nach dem Mord ist mir richtig zwischen den Fingern zerronnen. Und der Freitag nach dem Begräbnis, der war grad auch so. Kaum war es Morgen, war es schon wieder Abend.

Angefangen hat es gleich mit einem Theater. Dass Neuigkeiten sich bei uns in Neiselbach schnell verbreiten, das kennt man ja. Noch bevor was passiert, weiß es schon ein jeder. Dass das im Gefängnis auch so ist, das hat mich überrascht. Aber irgendwie hat der Bachhuber spitzgekriegt, dass seine Freund, mit denen er im Goldenen Hirschen immer beieinandersteht, von ihm nichts mehr wissen wollen. Und dass er wegen dem Mord nichts Besonderes ist, nur ein Verbrecher und noch lang kein Held. Und dass er jetzt ziemlich lang eingesperrt sein wird.

No, da hat er gesagt, dass er es doch nicht war!

So hat der Freitag angefangen und gleich ist es rundgegangen. Der Herr Kriminalinspektor hat ja nach Wien zurückwollen, jetzt wo es die Schwierigkeiten mit der Frau Lisi gegeben hat. Das ist aber nicht mehr gegangen. Es hätt ja sein können, dass der Bachhuber lügt, aber genauso gut hätt er die Wahrheit sprechen können. Und das kann man nicht einfach so stehen lassen, wenn einer sein Geständnis zurückzieht, das leuchtet einem ja ein.

Der Singer-Simon, der war fuchsteufelswild, weil ja alle miteinander praktisch wieder am Anfang gestanden sind. Und ich hab mir gedacht, dass die im Herrenhaus jetzt sicher Kopfweh haben werden. Weil sie wieder verdächtig sind.

Die Frau Lisi ist auch in Neiselbach geblieben, warum hab ich nicht gewusst. Vielleicht hat sie nicht allein zurückwollen nach Wien, obwohl ihr Mann dort gar nicht war, sondern bei seinem Seminar in der Steiermark, das hat sie mir am Vorabend noch erzählt. Dort hat er seine Neue kennengelernt. Und ich hab mir gedacht, sich nur ein paar Tage kennen, kommt mir für eine Scheidung ein bissel kurz vor. Mut lasst sich nicht kaufen, hätt die Großmutter dazu gesagt.

Die Frau Lisi ist spazieren gegangen und die Männer sind mit dem Singer-Simon im Auto weggefahren. Auch wenn man den Bachhuber nicht auslassen hat, man hat schauen müssen, ob man einen neuen Mörder findet.

So schnell hab ich gar nicht schauen können, da war es schon früher Nachmittag. Mit dem Zusammenräumen in der Küche war ich fertig, und wie ich mich vor die Tür in die Sonne stell, seh ich schon wieder jemand auf meinem Lieblingsplatz bei den Haselstauden und dem Marterl sitzen. Zwei Leut. Die Frau Lisi und die Thesi.

No, da bin ich hin. Nicht weil ich neugierig bin, aber ich hab wissen wollen, ob es der Frau Lisi jetzt besser geht, ich bin ihr am Vorabend ja auch beigestanden. Recht war es der Thesi nicht, dass ich gekommen bin, die hat ganz rote Backen gekriegt. Vielleicht hat sie geglaubt, ich schimpf sie wegen der Spinnereien mit ihrem Namen, dass man sie jetzt Maria-Theresia rufen soll. Oder sie hat sich gedacht, dass ich sie wegen ihrem Liebsten ausfratscheln werd. Gar nichts davon hab ich gemacht. Die Frau Lisi hab ich gefragt, wie es so geht.

Die hat sich gefreut, dass ich gekommen bin, und die Thesi ist schon bald wieder aufgebrochen. Ins Herrenhaus hat sie müssen, hat sie gesagt. Angemalt war sie nicht an dem Tag, ausgeschaut hat sie wie immer mit ihren blassen Haaren, das hätt sie sich schon wegen der Mizzi nicht getraut, wie ein bunter Vogel zur Arbeit kommen.

Das ist eine ganz eine Liebe, hat die Frau Lisi gesagt und eine Rosenblüte an ihre Nase gedrückt, kaum dass die Thesi weg war. Und ich hab mir gedacht, dass sich da zwei romantische Gemüter gefunden haben. Obwohl die eine doch ein Stückl älter als die andere, haben die ganz ähnliche Ideen gehabt, was die Liebe angeht. Alles hat die Frau Lisi der Thesi erzählt, alles vom Müller und ihrem Mann und der Neuen, die sie noch gar nicht kennt. Und ich hab mich gefragt, ob das gescheit ist, so einem jungen Ding so viel auf die Nasen zum binden. Aber die Thesi hat ihr auch alles erzählt, alles von der jungen Liebe. Da war ich gespannt, weil ich gewusst hab, dass die Frau Lisi mir das jetzt auch erzählen wird.

Verlobung wär jetzt am Wochenend, mit Ringen, wie es sich gehört. Und bis dahin würd es geheim bleiben, was schwer war für die Thesi. Ihr Glück könnt sie gar nicht fassen, wie im Roman, hat sie der Frau Lisi erzählt, ein fescher Mann und so viel Geld. Die würden Augen machen in Neiselbach, wo man ihr nichts zugetraut hat, nur weil die Dorfdeppen nicht hinter ihr her gewesen sind. Der Ihrige jetzt, der war was Besseres, ein Prinz auf einem weißen Pferd. Das hat die Frau Lisi gefreut, aber wer das sein soll, hat die Thesi auch ihr nicht verraten. Das war jetzt schon ein bissel fad, das alles hat man schon einmal gehört gehabt, wie ein auswendig gelerntes Gedicht.

Beim besten Willen ist mir kein Mann eingefallen, der in Neiselbach was Besseres sein soll, fesch und reich, und der sich mit der Thesi verloben will. Gesagt hab ich nichts, das hätt unfreundlich geklungen, aber auf den kommenden Montag war ich schon neugierig, was der Thesi dann einfallen wird, wie die Geschichte weitergehen soll.

Wie es um sie steht, um die Frau Lisi, hab ich lieber wissen wollen, das hat mich mehr interessiert wie die Spinnereien von dem jungen Mensch. Und weil sie ihr Herz auf der Zunge tragt, hat sie mir alles erzählt. Dass der Herr Kriminalinspektor sich am Abend im Hotelzimmer schlafend gestellt hat, wie sie zurückgekommen ist. Und dass sie im Moment gar nicht weiß, was sie tun soll. Wissen tut sie nur eines. Dass keiner von den beiden sie, die Frau Lisi, haben will. Da sind ihr wieder die Tränen gekommen. Weil ihr Mann, der Poldi, jetzt eine andere will, und der Müller sie noch nie hat wollen. Heiraten nämlich, als Liebschaft schon. Das hätt er immer schon gesagt, dass er für ein Zusammenleben nicht taugen tät.

Die machen es sich schon einfach, die Mannsbilder, hab ich ihr gesagt, wir sind ja nicht auf dem Bazar! Manchmal muss man schon auch sagen können, was man selber will. Angehört hat es sich aber, als wenn die Frau Lisi es selber nicht wüsst. Ob den einen oder den anderen oder eben keinen.

Kommt Zeit, kommt Rat, hat schon die Großmutter immer gesagt, und recht hat sie gehabt. Weil am Abend, wie der Herr Kriminalinspektor eine blutige Nasen gehabt hat, da hat sich die Frau Lisi mit sich selber wieder ausgekannt.

24

Der Tag hatte schon übel begonnen. Sandor goutierte es nie, wenn ein Delinquent sein Geständnis zurückzog. Da stellte sich für ihn stets die Frage, wann die Wahrheit gesprochen wurde. Beim Geständnis oder beim Widerruf? Vorläufig nützte dieser Herrn Bachhuber nichts, in Gewahrsam blieb er weiterhin. Dennoch musste mit der Ermittlung von Neuem begonnen werden und Müller musste bleiben, statt zu seinem Wiener Prater zurückzukehren. Schlecht sah er aus, als hätte er in der Nacht kein Auge zugetan.

Von verstörender Munterkeit war dagegen Revierinspektor Singer. Nach Rasierwasser duftend und in frisch gebügelter Uniform riss er die Beifahrertüre seines Dienstwagens auf und bat einen zerknautschen Müller einzusteigen. Die beiden wollten ins Herrenhaus.

Man war zu Hause. Jeanette von Schwarz mit derangiertem roten Haar lackierte auf der Terrasse ihre Nägel dunkel, Hella von Schwarz rekelte sich im Schatten mächtiger Kastanien und sah ihren Kindern beim Ballspiel zu. Johannes ließ seine langen Beine über die Terrassenbalustrade baumeln, Maximilian zerknitterte unter einem Sonnenschirm die Lokalzeitung. Hinter Hecken jaulte eine Motocross-Maschine. Hubertus.

Nur Frau Mizzi, in stolzer Üppigkeit ein Tablett mit Kaffee und Kuchen schleppend, grüßte nickend. Es duftete nach Jasmin. Frühstück im Grünen.

„Der Bachhuber war es nicht“, rief Revierinspektor Singer als morgendlichen Gruß. Zwischen Maximilians rundlichen Fäusten riss die Zeitung entzwei, Johannes sprang von der Balustrade auf die Wiese, Jeanette goss Nagellack über ihre Finger. Nur Hella war nicht interessiert.

„Nicht möglich!“, schnappte Maximilian nach Luft.

„Wer soll es sonst gewesen sein?“, fragte Johannes rhetorisch.

„Da gäb es schon noch ein paar, wenn man länger drüber nachdenkt“, sagte Revierinspektor Singer und blickte zur Auffahrt, die bei der Küche in einem Parkplatz endete. Dort stand der neue Mercedes.

„Wer, wer, wer?!“, skandierte Johannes crescendo.

Frau Mizzi drückte mit ernstem Gesicht das leere Tablett an ihre stattliche Schürzenoberweite und schüttelte die graue Zopfkrone.

„Was ist, was ist, was ist?!“, echauffierte sich Müller. Seine ersten Worte an diesem Tag.

Wenn es der Bachhuber nicht gewesen sei, möge man um Himmels willen den Mörder weitersuchen, schnaubte Jeanette zänkisch und schraubte eine kleine Plastikflasche auf. Beißender Geruch stieg auf.

Deswegen sei man hier, gab Patrick Sandor zurück.

Die Plastikflasche fiel um, Tropfen liefen über Jeanettes Finger, Maximilian erhob sich, zog seinen Hosenbund über den Nabel und räusperte sich gewichtig. Johannes fuhr gereizt mit beiden Händen über sein Gesicht, Hella sah weiter ungerührt den Kindern beim Ballspiel zu.

Alibis, sagte Sandor und machte eine kleine Pause. Wiederum ginge es um Alibis.

Widersinnig, den Mörder im Herrenhaus zu suchen, fand nun endlich Maximilian seine Sprache wieder. Hier sei er nicht zu finden, die Alibis im Übrigen bekannt. Er sei mit seiner Frau am Fest gewesen, wie Dr. Sandor denn wohl am besten wisse, seine Schwägerin Jeanette am Golfplatz, sein Bruder Johannes im Wald. Aber vor allem, vor allem gäbe es bei ihnen allen kein Motiv.

Genuss pekuniärer Freuden, schlug Sandor vor und blickte zu dem neuen Fahrzeug wie eben noch Revierinspektor Singer.

Als kleinkarierte Bagage beschimpfte sie da der Herr Gemeinderat. Jeanette gab ihnen die Schuld an ihrer ruinierten Nagelfarbe. Johannes nannte als Zeugen seines Alibis die im Felsen festgekrallten Latschen seines Lieblingsplatzes hoch oben am Schneeberg.

Patrick Sandor bedauerte die Unbilden ganz allgemein und die misslungene Nagelkreation im Besonderen, obwohl das Dunkel ihm ein wenig düster schien.

Es gebe überdies keine neuen Erkenntnisse, aber einen neuen Wissensstand. Herr Grünberg habe ihn besucht, berichtete Sandor.

„Und?“, fragte nach einer Weile Maximilian.

„Die Familie Schwarz ist jüdischer Provenienz“, sagte Patrick Sandor und fasste im Rücken mit der rechten Hand seine linke.

„Na, erlauben Sie mal!“ Maximilian war empört.

Hella stand von ihrer Liege auf, das Ballspiel interessierte sie nicht mehr.

Beim jüdischen Ghetto in Frankfurt fing Sandor an. Die Nachkommen des Tuchfabrikanten Schwarz hatten die eigene Familiengeschichte nahezu vergessen, den Angeheirateten niemals davon erzählt. Hinter Hecken war die Motocross-Maschine verstummt.

Ob er das jetzt in Neiselbach herumerzählen würde, fragte Maximilian Revierinspektor Singer herb. Die Geschichte sei steinalt und schon nicht einmal mehr wahr.

„Heißt das, dass diese Kinder jüdisch sind?“, fragte Hella und wies mit dem Kinn zu ihnen hin.

„Hella!“, rief Maximilian im Falsett.

„In eine jüdische Familie eingeheiratet!“, sagte Jeanette kühl.

„Und einem Herrn Grünberg glauben sie alles ungesehen!“, warf sich Maximilian in die Brust. Um dessen Glaubwürdigkeit zu erschüttern, kam die Bemerkung allerdings zu spät.

„Man hätte uns über dieses nicht unwichtige Detail informieren können“, wandte sich Jeanette mit geblähten Nasenflügeln an ihren Mann.

„Was mischt sich der Grünberg in Familienangelegenheiten ein!“, alterierte sich Johannes.

„Weil er nahezu Familie ist.“ Ins folgende Schweigen hinein erzählte Sandor die ganze Geschichte.

Gelassenheit gegenüber der eigenen Abstammung hätte jedes Alibi aufgewogen, wenn denn die Ohrfeige am gewaltsamen Tod der bedauernswerten Charlotte schuld gewesen. Diese Chance hatte man vertan.

Frau Mizzi kramte in ihrer Schürze nach einem Taschentuch, drückte es an die Nase.

„Sie wär also weggegangen, einfach so“, murmelte sie, „das ist traurig. Ich hab nicht gewusst, dass sie so ungern hier gewesen ist.“

Und ob der Bub es schon wissen würd, dass er einen neuen Verwandten habe. Denn verwandt sei er doch mit dem Buben, dieser Herr Grünberg, das hätt er dem Hubertus vor seiner Abreise besser noch selber sagen sollen.

Der junge Mann sei ihm fremd und gehöre seit Geburt ins Herrenhaus, habe Herr Grünberg Patrick Sandor mitgeteilt.

Da stellte der Herr Gemeinderat die Frage nach der Vormundschaft, die jedoch unbeantwortet blieb.

Hinter den Hecken tauchte Hubertus auf, den Motorradhelm unter dem Arm, das feuchte Haar aufrecht stehend. Ob er schon länger hinter dem Gebüsch gestanden war und wie viel er gehört hatte, war nicht zu sagen. Langsam erhob sich ein Lüftchen, trug zerrissene Zeitungsblätter von Maximilians Sessel. Frau Mizzi steckte behände ihr Taschentuch weg, Johannes nahm wieder auf der Balustrade Platz, die anderen unter dem Sonnenschirm.

„Störe ich?", lächelte Hubertus im Näherkommen das Lächeln seiner Mutter.

Maximilian verneinte hastig.

Von den drei Söhnen ist er der gelungenste, dachte Sandor. Von selbstbewusstem Auftreten, der einzige, dem man auch glaubt, im Herrenhaus daheim zu sein, für sein Alter vielleicht ein wenig zu distanziert.

„Unsere Musikstunde?", wandte Hubertus sich an Patrick Sandor und verneigte sich leicht.

Dieser hatte nicht mehr daran gedacht. Hubertus bot Schubert oder Wagner an, Sandor schwebte ein Händel vor.

Die drei Herren verließen das Herrenhaus. Unwillig hatte Jeanette als ihr präsumtives Alibi für den Samstagnachmittag den Barkeeper des Golfplatzes genannt. Ob Johannes am Weg zum Schneeberg gesehen worden war, galt es Eingeborene zu fragen, wie Sandor bemerkte. Und wo denn genau Hella und Maximilian auf dem Fest gewesen waren und wann genau, à la minute nämlich, auf der Festwiese oder im Herrenhaus, konnte selbst Patrick Sandor nicht bestätigen. Ob das jemand anderem gelingen würde, wusste er nicht.

Revierinspektor Singer wollte zum Golfplatz, Müller nicht. Zur Mittagsstunde fehlte nicht viel, der Straßenverkehr war jedoch dürftig, deshalb schloss Patrick Sandor sich der Meinung des Revierinspektors an.

Erst am frühen Nachmittag würde der Barkeeper kommen, ließ man sie im Clubhaus wissen. Sie nahmen auf der Terrasse Platz, mit Blick auf den Abschlag des ersten Lochs, und bestellten Sandwiches mit Huhn und Ei. Auf der Suche nach seinem verschlagenen Ball streifte ein bunt gekleideter Golfer durchs Unterholz, im weißen Golfwagen am Fairway saßen gelangweilte Mitspieler. Sonst war niemand zu sehen.

Als man Kaffee bestellte, erschien der Barkeeper. Die Befragung war kurz.

Schon am Weg zum Auto lachte Revierinspektor Singer heiter, Müller dagegen trat mit Rankünе in die Kieselsteine, dass es nur so spritzte. Patrick Sandor hätte das zu denken geben sollen.

Sie waren umsonst gekommen und auch wieder nicht. Schon länger habe man Frau Jeanette von Schwarz hier nicht gesehen, im Lokal nämlich. Am Parkplatz vor dem Clubhaus schon, in ihrem Auto wartend. Ihr Interesse galt in dieser Saison weniger der Gesellschaft als vielmehr dem neuen Golflehrer.

„Ein Gspusi!“, gluckste Revierinspektor Singer amüsiert.

Müller war verärgert. Der Golflehrer war mit Schülern auf der Tour, das konnte dauern. Man würde wiederkommen müssen, um ihn zu befragen. Dazu hatte Müller keine Lust, wie auch zu sonst nichts an diesem Tag.

Wenn die Geschichte stimmte, dann war Jeanette als erstes und einziges Mitglied der Familie Schwarz entlastet.

„Glück gehabt“, lachte Revierinspektor Singer. „Was den Mord angeht jedenfalls. Für die Ehe mit dem Johannes seh ich aber schwarz!“

Als sie zurück nach Neiselbach kamen, trennte sich Patrick Sandor von seiner Entourage. Revierinspektor Singer wollte Bürger seines Heimatortes zu Johannes' Schneeberg-Alibi befragen, und Müller, der keine Anstalten traf aus dem Auto zu steigen, nahm er mit. Sandor hingegen verbrachte behagliche Stunden vor seinem kleinen gelben Haus im Garten. Erst als die Sonne die Tannenbaumspitzen berührte, zog er sich um und machte sich auf den Weg zum Goldenen Hirschen.

Inspektor Singer saß im Gastgarten bei einem Krügel Bier. Nichts hatte die Befragung ergeben, Johannes fuhr so oft ins Revier auf den Schneeberg, dass nicht zu sagen war, ob auch an diesem Nachmittag. Möglich wäre es.

„Und Müller?", erkundigte sich Sandor.

„Der hat was gesehen, was ihn interessiert hat, so wie es ausschaut. Auf einmal hat er aussteigen wollen, bei der Abzweigung nach Siebenstein", berichtete Inspektor Singer. „Mit dem Essen sollen wir nicht auf ihn warten, er kommt nach, hat er gesagt."

Der kulinarische Sinn stand Patrick Sandor nach kalten Speisen, für warmes Essen war es ihm zu heiß, wie er verkündete. Steirischer Rindfleischsalat mit einem kühlen Bier. Inspektor Singer hingegen zog einen deftigen Schweinsbraten vor, die mittäglichen Sandwiches waren ihm zu kümmerlich gewesen.

Sie plauderten über Fliegenfischen und Schnaps. Sandor versprach, einen selbstgebrannten Dirndlschnaps zu kosten, und bestellte Kaffee und Dessert. Da fiel ihm auf, dass es dunkel geworden und Müller noch immer nicht aufgetaucht war. Er ging außerdem nicht an sein Handy, nur die Stimme der Mobilbox meldete sich lapidar. Müller war zwar kein Kind, aber schlagartig erinnerte sich Patrick Sandor, wie erregt dieser in die Kieselsteine getreten hatte, in einer Stimmung sich Ärger einzufangen. Sandor ließ die Kuchengabel fallen.

„Ist was nicht in Ordnung?“, fragte Revierinspektor Singer.

„Ich werde ihn suchen gehen“, beschloss Sandor.

Inspektor Singer wolle er nicht inkommodieren, aber es sähe Müller nicht ähnlich, ein Nachkommen anzukündigen und dann nicht aufzutauchen und auch nicht erreichbar zu sein.

„Funkloch“, schlug Revierinspektor Singer vor, „hier im Tal gibt es Funklöcher.“

Dass Müller stundenlang von einem solchen verschlungen war, konnte Sandor sich bei aller Fantasie nicht vorstellen. Letzter Anhaltspunkt für eine Nachsuche war die Abzweigung nach Siebenstein.

Sportlich fuhr Inspektor Singer die engen Kurven zum Kirchenplatz. Straßenlaternen malten bleiche Lichtkreise auf den Weg, frischer Wind kräuselte Staubwolken empor. In Siebenstein weht stets der Wind, so hatte man Sandor erzählt, daran wären die Toten vom Friedhof hier oben schuld. Keine Menschenseele war unterwegs, nur eine weiße Katze schlüpfte zwischen den Zaunlatten des Pfarrergartens hindurch. Dass die beiden Müllers dumpfes Stöhnen vernahmen, grenzte an ein Wunder.

In einer dunklen Ecke bei den Pfarrergräbern lag Müller mit geschlossenen Augen, das Gesicht mit Blut verschmiert.

„Ein Mordsschlägerei“, konstatierte Revierinspektor Singer mit geübtem Auge, durch Kirtage und Wirtshäuser geschult. Ob etwas gebrochen, Nase oder Kiefer, war bei dem schlechten Licht, ohne das Gesicht gereinigt zu haben, nicht auszunehmen.

„Contenance, mein lieber Müller", sagte Patrick Sandor und versuchte, ihn an seinem Ärmel an der Kirchenmauer hochzuziehen. Müllers Stöhnen schmerzte Sandor.

In jeder liebenden Frau steckt eine Florence Nightingale. Frau Lisis tränenreiches Ende ihrer kurzen Ehe hatte Sandor nicht als Abschied von ihrer und Müllers Liebesgeschichte verstanden.

„Tun Sie mir die Lieb und holen Sie Frau Lisi", bat er demgemäß Revierinspektor Singer.

Frau Lisis Aufschrei am nächtlichen Friedhof beim Anblick des devastierten Müller hätte Tote wecken können. Tatsächlich weckte er aber nicht einmal den Pfarrer, der neben der Kirche wohnte. Seine Fenster blieben dunkel.

Inspektor Singer hatte sie über den Sinn des nächtlichen Ausflugs nicht aufgeklärt. Ob dies geschehen war, weil er kein Penchant für weibliche Diskussionen hatte, oder ob er sich von Frau Lisis Betroffenheit eine ungestüme Versöhnung versprach, sei dahingestellt. Immerhin hatte er Müller einen ganzen Tag leiden sehen.

Frau Lisi enttäuschte Sandor nicht. Sie bettete Müllers Kopf in ihren Schoß, tauchte Sandors Taschentuch in die Gießkanne von der Wasserstelle am Friedhof und fuhr ihm damit behutsam über das Gesicht. Dick, aber doch gerade war die Nase, die Augen freilich dunkel umrandet, und als Müller mit offenem Mund und zerschlagenen Lippen Atem schöpfte, schien keiner seiner Vorderzähne zu fehlen.

Müller ließ sich Zeit. So kam es zumindest Patrick Sandor vor. Frau Lisi streichelte sein Haar und wiegte zärtlich sein Haupt, und manchmal schien Sandor sogar, er würde lächeln. Erst als ein verwunderter Waldkauz angesichts des ungewohnten Treibens vom Kirchturm rief, schlug er die Augen auf. Das Erste, was er sah, war Frau Lisis Gesicht, das über seinem schwebte.

„Drei Zähne hat der Poldi ausgespuckt“, mühte er zwischen dicken Lippen hervor.

25

Damals, wie das ganze Unglück über Neiselbach gekommen ist, hab ich mit dem Telefonabheben angefangen, obwohl ich das Telefonieren nicht mag. Oft war nämlich die Mizzi am Apparat und hat wieder was Neues zum erzählen gehabt. Der Sohn hat schon gemurrt über das viele Geläute, deswegen bin ich, gleich wenn es geläutet hat, immer als Erste hinmarschiert.

Am Freitag am frühen Abend war es wieder so weit, die Mizzi hat angerufen. Die Polizei ist im Herrenhaus gewesen und die Damen haben sich furchtbar aufgeregt, die Frau Schanätt und auch die Frau Hella. Wegen dem Früher-mal-jüdisch-Sein, von dem wir im Tal immer schon gewusst, es aber wieder vergessen haben.

Wirklich neu war, dass die Frau Schalott, wie man sie umgebracht hat, schon wieder verheiratet gewesen ist. Mit dem feinen Herrn, der mit den grauen Haaren, der beim Begräbnis in der ersten Reihe bei den von Schwarz' gesessen ist. Und aus der Familie hat es kein Einziger gewusst, hat die Mizzi gesagt, so wie alle dreingeschaut haben. Vielleicht nicht einmal der Hubertus, aber sicher hat man das nicht sagen können. Aber dass er im Herrenhaus bleiben würd, das war jetzt sicher, und das wär die Hauptsache, da würd er ja auch hingehören.

Irgendwas muss in der Luft liegen, hab ich mir gedacht, wo man hinschaut, geht es um die Liebe und das Romantische. Heimlich geheiratet, in dem Alter! Wie Romeo und Julia, hat die Mizzi gesagt.

Und später am Abend ist dann noch was passiert. Aber das hab ich erst am Samstagvormittag erfahren, wie die Frau Lisi auf einen Sprung zu mir raufgekommen ist.

Das war nämlich so. Der Singer-Simon, der Gendarm, der ist mit dem Herrn Kriminalinspektor im Tal herumgefahren, Leut fragen, ob sie am Festtag von der Frau Schalott den Herrn Johannes in seinem Auto gesehen haben. Fürs Alibi, hat die Frau Lisi gesagt. Und auf einmal hat der Herr Kriminalinspektor aussteigen wollen, unten bei der Kreuzung nach Siebenstein. Von da ist er zu Fuß allein weitergegangen, zur Kirche nach Siebenstein hinauf. No, und dort oben ist er auch wirklich gewesen, der Frau Lisi ihr Mann. Was der da hat wollen, das hat keiner gewusst, aber der Herr Kriminalinspektor muss ihn unten auf der Hauptstraße mit seinem Auto fahren sehen haben. Fest gehaut haben die sich, und der Herr Kriminalinspektor ist dann am Friedhof liegen blieben. Wie es dem anderen gegangen ist, das weiß man nicht, weil er noch in der Nacht auf und davon ist. Also glaub ich nicht, dass der so ganz arg verdroschen worden ist. Wegfahren hat er ja noch können.

Romantisch hat es die Frau Lisi gefunden, dass zwei Männer um sie kämpfen, aber ich hab gesagt, dass es besser ist, wenn das nicht rauskommt. Beide sind sie bei der Polizei, da sieht man das sicher nicht gern, wegen der Disziplin. Der Frau Lisi ihr Mann ist nämlich doch noch wegen seiner Lisi eifersüchtig geworden, weil die als Antwort auf sein SMS, wo er die Scheidung hat wollen, ihm was zurückgeschickt hat. Dass sie schon lange mit dem Müller glücklich ist, das Ganze wär ihr nur recht und sie wär in Neiselbach. Wenn sie das dem Herrn Kriminalinspektor gleich erzählt hätt, hätt sich der einen Tag Unglücklichsein erspart und am End auf geweihter Erde eine Prüglerei.

Furchtbar soll er ausschauen, der Müller, hat die Frau Lisi gesagt und lieb gelächelt. Mein Held, hat sie dann noch geseufzt, und ich hab mir gedacht, dass der

Herr Kriminalinspektor, wenn er das Gesicht so zerschlagen hat, sicher Kopfweh haben wird. Am Balkon vom Hotelzimmer hat er sich hingelegt, in den Schatten und in die gute Luft, damit er sich erholt. Heut, hat sie gesagt, kann er unmöglich unter Leut. Sie ist zur Mittagszeit wieder ins Tal hinunter, einen Hunger hat sie schon gehabt und nach dem Rechten wollt sie schauen. Vorm Wald hat sie sich noch einmal umgedreht und mir gewunken. Da hat die Luft geflimmert, so heiß war es an dem Tag schon wieder.

Ich hab mich im Haus eine Weile ausgestreckt, am Wochenende mach ich das gern, da lauft einem ja nichts davon. Und nach dem Aufstehen hab ich mich mit einem Kaffee in unseren Obstgarten in den Schatten gesetzt. Der Sommer war kein gescheiter, entweder war es zu heiß und die Luft ist gestanden, oder es hat geschüttet wie aus Schaffeln und es war zu kalt.

Ein Glück, dass ich mich nicht bewegen muss, hab ich mir noch gedacht, wie plötzlich das Geschrei losgegangen ist. Da hat sogar der Wolfi gebellt, der zuerst wie erschlagen auf den Steinen gelegen ist.

Die Mutter von der Thesi hat wie am Spieß geschrien. Ich hab gar nicht verstehen können, was sie plärrt, und zum sehen war sie noch nicht, aber hinter dem Hügel zum hören. Dass sie die Thesi meint, das war mir klar, wie ich die den Hang runter hab laufen sehen, den Rucksack auf dem Rücken. Sie ist nicht einmal auf der Straße davongelaufen, sondern über die Wiesen, weil es so schneller geht. Fesch war sie hergerichtet, das Sonntagskleid hat sie angehabt, das mit den grünen Punkten, und ganz rot war sie im Gesicht. Und wie sie über die Halme gehüpft ist, hab ich es an ihren Füßen blitzen sehen. Die feinen Lackschuh hat sie angehabt.

Da rennt sie, das junge Mensch, hab ich mir gedacht, wie es ausschaut zu ihrer Verlobung. Das war die dritte Geschichte an dem Samstag, die was mit Liebe und Romantik zum tun gehabt hat.

Da ist die Mutter oben am Weg aufgetaucht und dort stehen geblieben. Sie hat mit ihren Händen einen Trichter vorm Mund gemacht. Thesi, was hast dich denn so fein gemacht, hat sie geschrien, da war die Thesi aber schon nicht mehr zum sehen. Da bin ich aufgestanden und hab der Mutter gewunken und hab mein Häferl gehoben. Dass ich sie zum Kaffee einlad, hat das heißen sollen, und so hat sie es auch verstanden, weil sie runtergekommen ist.

Einen Wirbel haben sie wieder mit der Tochter gehabt, schon seit in der Früh. Aufgestanden ist die Thesi nicht, dabei hätt sie Frühstücksdienst gehabt und den Kühen hätt sie einen Leckstein auf die Weide bringen sollen, damit die zu ihren Mineralien kommen. Gemacht hat sie aber gar nichts, in ihrem Bett ist sie herumgekugelt, weil sie am Vorabend lang ferngeschaut hat.

Es ist und bleibt ein Kreuz mit dem Mädel, hat die Mutter gestöhnt und einen Schluck Kaffee getrunken, einen Kuchen hat sie nicht haben wollen. Wenn sie ein Glück hat, dann hat die Thesi in dem Rucksack ihre ganzen Sachen drinnen und kommt so bald nicht wieder, besser für die ganze Familie, weil die dauernde Schreierei schon allen auf die Nerven gehen würd. Von ihr aus könnt sie ganz wegbleiben.

Von der Verlobung, von der ich was gehört hab, hab ich natürlich nichts gesagt. Genaues hab ich ja nicht gewusst und das Weitertratschen mag ich nicht. Wenn die Thesi am Abend nach Haus kommt, hab ich mir gedacht, renkt sich doch alles wieder ein. Mit dem Vater versteht sich das Mädel ja gut, nur mit der Mutter gibt es allweil einen Tanz.

Und wie die Mutter von der Thesi weg war, hat die Mizzi schon wieder angerufen. Dass der Bachhuber draußen ist, aus dem Gefängnis nämlich, weil der Haftrichter gesagt hat, auf was man da eigentlich warten sollt, wo er doch alles widerrufen hätt. Gefreut hat das den Herrn Doktor und den Herrn Kriminalinspektor sicherlich nicht.

No, es ist viel passiert an dem Samstag, das muss man schon sagen, aber weitergebracht hat es uns alle nicht. Den Mörder von der Frau Schalott haben wir noch immer nicht gekannt.

26

„Nur eine Sonnenbrille genügt in diesem Falle nicht!“, sagte Sandor zu Müller.

Sie waren zu Besuch bei dem Verletzten, Revierinspektor Singer und er selbst, und Müller sah zum Grausen aus.

„Ihr Gesicht kann man nicht beschreiben“, stellte Patrick Sandor fest. Müller brummte nur.

In der Dunkelheit würden sie ihn zum Abendessen abholen, eine Sonnenbrille sollte er dennoch tragen, und wenn er mit dem Rücken zu den anderen Gästen im schlecht beleuchteten Gastgarten Platz nähme, würde es wohl gehen, meinte Sandor.

Die Frage, welch ein Teufel ihn denn geritten hatte, hob er sich für ein anderes Mal auf. Er referierte auch nicht über Herrn Bachhubers Gefängnisentlassung. Mit diesem Gesicht erregt zu grimassieren, stellte er sich schmerzhaft vor.

Sie fuhren zum Golfplatz, Sandor und Singer. Ein Samstag, aber am Parkplatz des Clubhauses war dennoch wenig los, Sommerferien oder den meisten für ein Spiel zu heiß. Der Golflehrer war nicht auf der Tour, er übte mit einem Schüler auf der Driving Range, allenfalls noch eine halbe Stunde, wie es hieß. Sie wollten warten.

Patrick Sandor bestellte Sandwiches mit Tomaten und Ei, Simon Singer zog ein kleines Gulasch vor. Es währte nicht lange, da kam ein braungebrannter Mann in einem rosa Hemd an ihren Tisch. Er winkte der Bedienung und nahm Platz. Der Golflehrer.

Ungeniert gab er eine unverbindliche Affäre mit Jeanette zu. An diesem Samstag aber, gerade an diesem, habe er sie nicht gesehen. Weder am Nachmittag noch am Abend. Er hatte keine Golfstunde vereinbart und zu seinem privaten Vergnügen spiele er schon lange nicht mehr. Nicht an einem Wochenende, bei Gott. Er war zu Hause geblieben, hatte jemanden erwartet, schon vormittags, ein Rendezvous, das bis in die Abendstunden geblieben war.

„Sie verstehen", lächelte er mit leuchtenden Zähnen süffisant.

Den Weg zurück zum Herrenhaus schwieg Inspektor Singer.

„Saukerl!", sagte er dann. Und was die Weiber an so einem immer finden würden, frage er sich.

Jeanette mussten sie erneut befragen, Golf hatte sich als Alibi erschöpft. Von den anderen Schwarzens hofften sie niemanden anzutreffen. Gerade Sandor versuchte Indiskretionen tunlichst zu vermeiden.

Jeanette trug an diesem Tag Lila, ein interessanter Kontrast zu ihrem roten Haar, und saß alleine auf der Terrasse unter dem gelben Sonnenschirm. Frau Mizzi hatte die Herren kommen sehen, eilte aus ihrer Küche, bot Kaffee und Kuchen an und versprach, diese ins Freie nachzubringen. Jeanette seufzte outriert, als sie die beiden über die Wiese kommen sah.

„Es hat ausgesehen, als hätten Sie Glück und auch ein Alibi", sagte Patrick Sandor und setzte sich ohne weitere Aufforderung. Inspektor Singer gab er ein Zeichen, es ihm gleich zu tun. Seine Geduld mit üblen Manieren war ein wenig strapaziert. „Eine Affäre mit dem Golflehrer, aber gerade an diesem Samstag hat dieser Sie nicht gesehen."

Jeanette war nicht kooperativ, leugnete die Affäre mit dem Beau, behauptete, das Clubhaus des Golfplatzes dieses Jahr unentwegt frequentiert zu haben. Das Personal habe sie einfach übersehen.

Da trug Frau Mizzi in stolzer Üppigkeit ein Tablett mit Geschirr über den Rasen. Patrick Sandor schwieg, bis alles angerichtet war und Frau Mizzi sie verließ.

Dies alles sei kein Amüsement, sagte Sandor.

„Na, wirklich nicht“, fügte Inspektor Singer derb hinzu, obwohl er am Vortag über die Affäre gekichert hatte. Das Naturell des Golflehrers hatte ihm wohl nicht behagt. „Das ist kein Spaß mehr, es geht um Mord“, fuhr er fort. „Hoppala war das keines. Und es wär gescheiter gewesen, wenn der Golflehrer, ihr Gspusi, für letzten Samstag bestätigen hätt können, dass Sie mit ihm zusammen gewesen sind. Bei Ihnen haben wir nämlich überhaupt keine Idee, wo Sie gewesen sind.“

Des Revierinspektors Stimme war volltönend und sie saßen auf der Terrasse vor dem Herrenhaus, Fenster und Flügeltüren standen offen.

„Ich hab es geahnt, der Golflehrer!“, brüllte plötzlich Johannes, der im ersten Stock über ein Fensterbrett hing und lauschte.

Sein Kopf verschwand, man hörte Schritte poltern, er stürmte aus dem Haus auf die Terrasse.

„Stimmt doch alles nicht!“, kreischte Jeanette. „Das würd dem nur so passen!“

„Das Gspusi ist doch jetzt wirklich wurst“, sagte Revierinspektor Singer. „Alibi!“

„Ich habe an diesem Tage nachgedacht!“, fuhr Jeanette ihn an.

„Wo denn da genau?“, fragte Inspektor Singer. „Hat sie dabei jemand gesehen, beim Nachdenken?“

„Gib es zu! Gib es zu!“, brüllte Johannes unerzogen und packte seine Frau am Oberarm.

„Jetzt reiß dich zusammen!“, grollte Revierinspektor Singer. „Das hier ist eine Amtshandlung!“

„Um meine Ehe geht es!“, brüllte Johannes, den Oberarm ließ er aber los.

„Die kannst dir in den Kamin schreiben, deine Ehe, wenn die Frau wegen Mord im Gefängnis landet“, sagte Inspektor Singer.

Der Lärm lockte Frau Mizzi an, die Hände in einem Geschirrtuch trocknend.

„Ich lasse mich scheiden!“, brüllte Johannes.

„Über mein Leben hab ich nachgedacht“, sagte Jeanette zu Revierinspektor Singer und strich eine rote Haarsträhne aus der Stirn.

„Das hättest du dir sparen können“, tobte Johannes, „da hast du ja noch nicht wissen können, dass du hier stehenden Fußes ausziehst!“

„Ich bekomme ein Kind von dir“, sagte Jeanette.

27

Patrick Sandor und Simon Singer vermissten Müller, der den ganzen Tag auf seinem Balkon im Goldenen Hirschen verbrachte. Das mag der Grund dafür gewesen sein, dass Sandor sich am Nachmittag nach dem Auftritt im Herrenhaus auf ein Musizieren mit Hubertus einließ. Ein wenig aus Fadesse, mit brillanten Ideen war er am Ende. Tiefpunkte kommen in jeder Ermittlung vor.

Den Geigenkasten auf den Rücken geschnallt, kam Hubertus über Forstwege auf seiner Motocross-Maschine geritten. Von Johannes und Jeanettes Darbietung im Herrenhaus schien er nichts gehört zu haben, zumindest erwähnte er es nicht. Wie schon am Begräbnis seiner Mutter stand ihm der musikalische Sinn nach Schubert. Sie spielten *Der Tod und das Mädchen*, die beschwingte *Forelle* behagte Hubertus an diesem Tage nicht. Er stand am Fenster, helles Haar im Sonnenlicht, den Bogen mit der Rechten führend, den Blick den Bergen zugewandt.

Wie angekündigt holten Sandor und Singer bei Anbruch der Dunkelheit Müller in seinem Zimmer ab. Langsam glitt er die Treppen hinab, Frau Lisi an der rechten Hand. Fausthiebe hatten nicht nur sein Gesicht getroffen, sondern auch seinen Oberkörper molestiert. Dass Herr Poldi sich womöglich zu einem Fußtritt hatte hinreißen lassen, wollte Sandor sich nicht vorstellen müssen, es verletzte sein Ehrgefühl. In einer Ecke des Gastgartens, hinter Hecken verborgen, nahmen sie Platz, Müller mit dem Rücken zu den Gästen und Blick auf den Parkplatz über der Straße. Die Sonnenbrille nahm er ab.

Passende Speisen für Müller zu wählen war diffizil, er konnte den Mund nur wenig öffnen. Vorsichtig schlürfte er mit einem Teelöffel Frittatensuppe, verschluckte Frau Lisis winzig geschnittene Bissen, den Strohhalm für sein Bier ließ er sein. Er konnte nicht an seinem Schurbart zupfen, seinen geliebten Radetzkymarsch nicht pfeifen, aber wenn er in Frau Lisis frisches Gesicht blickte, bekam er vor Vergnügen feuchte Augen.

Sandor und Singer erzählten Belangloses. Erst als Frau Lisi ihre Nase pudern ging, folgten die Details der Befragung im Herrenhaus. Müller, den Sandor doch lange kannte, war nicht leicht zu fassen, seine erstarrte Mimik nicht zu deuten, die unklar gelispelte Sprache schwer zu verstehen. Sandor nahm einfach an, dass der mögliche Nachwuchs im Herrenhaus ihn zum Lächeln gebracht hätte, wenn er denn lächeln gekonnt hätte.

Die Straße entlang kam eine Gestalt. Müller richtete sich auf, machte große Augen, der Mund stand ihm offen.

„Hachuwer!“, sagte er sodann.

Patrick Sandor drehte sich um. Herr Bachhuber stolperte über den Parkplatz auf das Gasthaus zu. Nach den alkoholfreien Tagen im Gefängnis schien er Hochprozentiges getrunken zu haben.

„Ich hätt mir denken können, dass er gleich wieder hier auftaucht“, sagte Inspektor Singer und hob bedauernd die Schultern, denn Müller schüttelte verärgert den Kopf.

„Da bin ich wieder“, rief Herr Bachhuber, hielt sich kurz am Türstock fest und taumelte in die Gaststube.

Gestenreich bat Müller um Stift und Zettel.

„Wenn es der Bachhuber nicht war, dann war es keine Nazigeschichte und die Watsche am Tod der Frau Charlotte nicht schuld! Das wird den Grünberg freuen!“, brachte er mit zerschundenen Fingerknöcheln zu Papier.

28

Die Frau Schanätt kriegt also ein Kind. No, wers glaubt, wird selig! Die Geschichte hat mir die Mizzi am Sonntag kurz vor der Messe am Kirchplatz in Siebenstein erzählt. Am Telefon am Vortag hat sie es nicht sagen wollen, weil sie doch Angst bekommen hat, es könnt wer hören, den das nichts angeht. Das hätt der weitertratschen können, und wenn es die Runde gemacht hätt, hätt jeder gewusst, dass die Mizzi ihren Mund nicht gehalten hat. Weil sie ja dabei gewesen ist, wie die Frau Schanätt das mit dem Kind behauptet hat.

Wie schon am Sonntag zuvor sind viele Leut zur Messe gekommen, noch mehr wie das letzte Mal. Drinnen in der Kirchen waren alle Plätze besetzt und hinten beim zweiten Ausgang sind auch noch ein paar Leut gestanden.

Der Herr Pfarrer hat sich diebisch gefreut, und deswegen hat er was gemacht, was er schon lange nimmer gemacht gehabt hat. So glaub ich das halt. Die Kirchenkanzel ist er raufgestiegen und hat von dort oben auf uns alle runtergeschaut. Zeit hat er sich lassen, weil ihm richtig gefallen hat, dass schon wieder so viele da waren. Hin und her hat er den Kopf gedreht und gelächelt, als möcht er warten, bis das Räuspern und das Füßescharren ein End nimmt. Dabei hat er das gar nicht hören können, er hat es ja schon ein wengerl auf den Ohren. Dann hat er endlich angefangen. Darüber, dass er sich freut, dass so viele gekommen sind, auch solche, die sonst beim Wirten drüben sitzen.

Da hat so mancher zu denen hingeschaut, man weiß ja, wer bei uns die Frau und die Kinder am Sonntag bei der Kirchen abgibt und auf ein Bier geht. No, die hat der Herr Pfarrer ganz besonders begrüßt.

Also auf der einen Seite hat er sich gefreut, hat er dann noch einmal gesagt, und auf der anderen Seite eben nicht. Weil man den Mörder noch immer nicht gekannt hat. Aber nicht nur deswegen allein! Sondern auch, weil der Mörder nicht gestanden hat!

Zu dem spricht er jetzt, hat er gesagt, und jeder hat sich heimlich umgeschaut, ob er den Mörder da in der Kirche nicht erkennt. Weil wenn der Herr Pfarrer sagt, er spricht zu ihm, dann muss er ja auch wissen, dass er da ist, das haben sich viele gedacht.

Du Menschenkind, hat er gesagt und den Mörder gemeint, es gibt keine Schuld, die nicht verziehen wird, und keine Schuld, die man nicht sühnen kann. Auf die Reue kommt es an. Weil im Himmel über einen reuigen Sünder mehr Freude herrscht als über hundert Gerechte.

An das Letzte kann ich mich besonders gut erinnern, weil er es dreimal wiederholt hat.

Bereue und du wirst gerettet werden!, hat er mit ausgebreiteten Händen zum Mörder runtergerufen. Dann hat er ein Schnäuztuch aus dem Ärmel gezogen und sich die Stirn abgewischt.

Da hat wer gelacht. Nervös vielleicht, oder weil der Herr Pfarrer so feierlich geworden ist.

Ihr Unseligen! Das findet ihr noch zum Lachen!, hat er da geschrien und sich über die Brüstung gelehnt. Herr im Himmel! Vergib ihnen, denn sie wissen nicht, was sie tun!

Dass hat im Kirchengewölbe ein Echo gegeben und die alte Wendel-Kathi, die vor mir gesessen ist, hat den Kopf so tief einzogen, dass man nur mehr ihr graues Haarknödel über der Banklehne gesehen hat, aber keinen Rücken mehr. Und die meisten haben auf ihre Schuhspitzen geschaut.

Alle seid ihr schuld am Tod von der Frau Schalott von Schwarz, hat er noch gerufen. Wie er das gemeint hat, weiß ich nicht, aber ich hab mir gedacht, dass man das so nicht sehen kann. Ich glaub aber, dass er da schon bös war, so sehr, wie er sich am Anfang gefreut hat.

Jederzeit, hat er gesagt, jederzeit kann der Sünder zu ihm kommen und beichten.

Dann hat sich der Herr Pfarrer die Stirn mit dem Tuch noch einmal abgewischt, hat alle von oben angeschaut und sich zum Runterkommen umgedreht. Der Organist hat zum spielen angefangen.

Ich weiß nicht, wie es zugegangen ist, ein Mordsgerappel hat es mit einem Mal gegeben, alle sind aufgesprungen und nach vor zur Kirchenkanzel gerannt. Weil der Herr Pfarrer die ganze Treppe runtergefallen ist.

Die Rettung hat man rufen müssen. Bewusstlos ist der Herr Pfarrer gewesen, weil er sich den Kopf aufgeschlagen hat, und was sonst noch alles in ihm drinnen passiert ist, das hat man ja nicht sehen können. Der Jüngste ist er auch nicht mehr, da wiegt alles doppelt schwer, ich weiß, wovon ich red.

Alle sind dageblieben und haben auf die Rettung gewartet. Das kann bei uns hübsch lang dauern, bis die aus Wiener Neustadt zu uns heraus kommt, wo die Straße so kurvig ist und es eh so viele Unfälle gibt. Nicht einmal einen Doktor haben wir an dem Vormittag gehabt, weil der unsrige an dem Sonntag unterwegs gewesen ist. Aber der Singer-Simon hat Erste Hilfe geleistet, der hat das bei der Gendarmerie gelernt. Und der Herr Bürgermeister ist ihm nicht von der Seiten gegangen.

Ich bin in meiner Kirchenbank sitzen geblieben, helfen hätt ich nicht können, nicht einmal zum Herrn Pfarrer hinunterbücken hätt ich mich können.

Sterben wird der Herr Pfarrer, hat die Wendel-Kathi gesagt, weil bei ihr gestern am Abend ein schwarzer Rabe an die Fensterscheiben geklopft hat, da stirbt dann immer wer.

Sie hat ein Glück, hab ich ihr da gesagt, dass der Herr Pfarrer sie nicht hören kann, der würd sowas gottlos nennen. Da hat sie den Mund gehalten.

Fast das ganze Dorf war da, das hat man jetzt sehen können, wie alle dauernd rein und raus gelaufen sind. Aber keiner von der Familie von Schwarz. Wo die alle geblieben sind, hat auch die Mizzi nicht gewusst.

Und der Bachhuber, der seit dem Vortag wieder in Neiselbach gewesen ist, den hat man auch nirgends sehen können. Seinen Rausch wird er irgendwo ausschlafen, hab ich mir noch gedacht.

Endlich hat man die Sirene die Kurven nach Siebenstein raufheulen hören. Da hat es uns schon pressiert, weil der Herr Pfarrer noch immer nicht zu sich gekommen ist und komisch Luft geholt hat. Da ist auch dem Singer-Simon schiach geworden. Froh waren wir deshalb, wie die Rettung ihn mitgenommen hat. Nur die Sulm-Pepi nicht. Weil die nicht hat einsehen wollen, dass sie an dem Sonntag keine heilige Kommunion bekommen hat können. No, das wird eine Woche warten können, hab ich ihr gesagt. Gar so fromm braucht man auch nicht tun.

Und dann hat wieder niemand nach Haus gefunden oder ins Wirtshaus, weil die Ansprache vom Herrn Pfarrer keinem eine Ruh lassen hat. Manche haben geglaubt, dass der Herr Pfarrer den Mörder kennt. Ich hab das nicht geglaubt, sonst hätt er ja nicht sagen brauchen, dass der Mörder zu ihm zum Beichten kommen soll, wenn er ihn eh schon gekannt hätt. Da hätt er gleich zur Polizei gehen können.

Die Mutter von der Thesi war mit ihrer hübschen Anna auch da, den Kleinen hat sie nicht mitgehabt. No, die hat eine Laune gehabt. Das hat man schon von Weitem sehen können, dass sie grantig ist, so wie sie die Mundwinkel runtergezogen hat. Weil die Thesi nicht mitgekommen ist. Das hätt die aber gar nicht können, weil sie seit dem Fortlaufen am Vortag nicht nach Haus gekommen ist. Aber die Mutter hat halt gedacht, dass sie wenigstens zur Kirchen kommen wird. Das war ein Irrtum, wie man jetzt sehen hat können. Deswegen war sie so zornig.

Verstanden hab ich die Mutter ja nicht, am Vortag hat sie noch gesagt, am liebsten wär es ihr, wenn die Thesi für immer wegbleiben würd, dann ist das Dirndl keine vierundzwanzig Stunden weg, und es war ihr wieder nicht recht.

Tut ein bissel Freiheit schnuppern, hab ich mir gedacht, bis jetzt hat sie das ja nicht können. Nie hat sie wer zum Tanzen oder zum Kirtag im Auto mitgenommen. Und zu Fuß kommst ja von Neiselbach so gut wie nirgends hin. Nicht dorthin, wo was los ist. Und mit den Eltern zum Kirtag gehen, das ist was ganz was anderes.

Da hat man wieder sehen können, dass die Thesi der Mutter immer auf die Nerven gegangen ist. Wurst, ob sie da war oder nicht.

Irgendwann hab ich dann doch einen Hunger gehabt. Es war schon spät, fast zwölf Uhr. Nach Haus wollt ich nicht, nicht nach der ganzen Aufregung. Zum Goldenen Hirschen wollt ich mit die Meinigen und denen war es ganz recht. Und die Mizzi hab ich auch gefragt, ob sie mitkommt, die hat auch wollen. Die Schwiegertochter hat beim Familiengrab eine Kerze angezündet und ich hab noch einen kleinen Rundgang um die Gräber gemacht. Das mach ich immer, wenn ich nach Siebenstein komm. Auf dem Grab von der Frau Schalott ist noch der ganze Haufen Kränze gelegen. Alle Blumen waren vertrocknet, von der ganzen Pracht hat man nichts mehr sehen können, die vielen roten Rosen waren schwarz und gestunken hat es wie ein Komposthaufen. Schämen soll sich der Gemeindediener, hab ich mir gedacht, denn der ist dafür zuständig. Wie sieht denn das aus, wenn ein Fremder am Sonntag dem Friedhof einen Besuch abstatten möcht und vor einem Misthaufen steht. Früher hat man das nicht so lang liegen lassen, schon gar nicht bei so einer Hitz. Und eine Schand war, dass von der Familie seit dem Begräbnis keiner beim Grab gewesen ist. Sonst hätt eine frische Kerze gebrannt.

Beim Goldenen Hirschen war der Teufel los. Aber damit hat man rechnen müssen, dass bei so einem Kaiserwetter halb Wien zu uns heraus essen kommt. Und an einem Sonntag wollen in Neiselbach auch immer weniger in der Küche herumstehen. Schon gar nicht die Jungen. Uns hat das nicht gestört, wir haben ja nirgends mehr hinmüssen. Wir sind im Garten gesessen und haben plaudern können, und der Sohn ist, bis die Suppe kommen ist, in die Gaststube zur Schank und hat mit den Nachbarn ein wengerl geratscht.

Der Herr Bürgermeister war auch da. Wie vor den Kopf gestoßen ist er mir vorkommen, der hat ja sonst am Sonntag immer mit dem Herrn Pfarrer zu Mittag gegessen, jetzt war er ganz allein. Es sind schon Leut an seinem Tisch gesessen, Verwandtschaft, aber der Herr Pfarrer nicht. Und seit dem Herrn Bürgermeister vor vier Jahr die Frau gestorben ist, hat sich das eingebürgert gehabt, dass die zwei immer zusammengepickt sind. Wie die sinamesischen Zwillinge, sag ich immer. Deswegen sind sie zum Fest auch zu zweit gekommen. Geredet hat der Herr Bürgermeister so gut wie nichts, das hab ich sehen können. Und von Zeit zu Zeit hat er den Kopf vorsichtig geschüttelt, als könnt er noch immer nicht glauben, was er in der Kirchen aus der ersten Reihe hat anschauen müssen. Wie der Herr Pfarrer die ganzen Stufen runtergestürzt ist.

Ich hab mir ein Backhendl bestellt. Wenn man lang aufs Essen warten muss, ist es wurst, wenn es noch ein bissel länger dauert. Ich hab einen Gusto drauf gehabt, weil wir das zu Haus selten machen, auch wenn das Wetter für was Gebackenes zu warm war. Es war nämlich so heiß, dass der Himmel, wo die Sonne am höchsten gestanden ist, nimmer blau war, sondern vor lauter Hitze weißgrau.

Wie im Bierzelt ist es zugegangen. Ein Gedränge, ein Gelärm, wer einen Platz gehabt hat, hat froh sein können. Zu kurz sind die Gäste aus Wien gekommen, weil sie um zwölf selten schon beim Wirten sind, erst so um eins, das ist an solchen Tagen dann schon ein wengerl zu spät. Die haben, wenn sie Lust gehabt haben, um zwei noch einmal kommen müssen. Manche sind halt vorher spazieren gegangen und manche sind ganz bös wieder abgefahren.

Die Suppen haben wir schon gehabt, das Backhendl noch nicht, da taucht am Parkplatz über der Straße aus dem Gebüsch der Bachhuber auf, geht noch ein paar Schritt auf die Sitzbank zu und setzt sich hin. Das Gewand fleckig und zerdrückt, als hätt er drinnen geschlafen, die Haar zerrauft, zerschunden das Gesicht. Dort ist er sitzen geblieben. Das ist sein gutes Recht, und wir hier in Neiselbach mischen uns nicht gern in andrer

Leute Angelegenheiten ein. Deswegen ist nicht gleich wer hin zu ihm.

Er ist dort gesessen, hat den Kopf hängen lassen, und wenn Autos vorbeigefahren sind, hat er ihnen nicht nachgeschaut. Das war ein bissel komisch. Weil man in Neiselbach, wenn ein Auto kommt, immer schaut, wer es ist, ob man den kennt, und wo der dann hinfahrt. So macht man das hier.

No, wenn man zu viel getrunken hat, dann ist einem das schon eher wurst, hab ich mir gedacht. Bei der Nachspeis ist der Bachhuber aber noch immer so dort gesessen. Da ist es dem Herrn Bürgermeister zu blöd geworden. Vielleicht wegen den Besuchern aus Wien, weil es keinen guten Eindruck macht, wenn einer aus Neiselbach gleich gegenüber vom besten Wirtshaus auf einer Bank sitzt und deppert schaut. Da ist er rüber und hat dem Bachhuber die Hand auf die Schulter gelegt. Umgekippt ist der wie eine Puppe und liegen geblieben auf der Bank.

Ruft die Rettung!, hat der Herr Bürgermeister geschrien.

Der Bachhuber war nämlich nicht besoffen, aber rundherum ganz komisch. Die, die ihn am Vorabend im Goldenen Hirschen gesehen haben, haben gleich gesagt, dass er noch immer das gleiche Gewand anhat, also war er gar nicht zu Haus. Und ausgeschaut hat er, als wär er eine Böschung am Gesicht runtergerutscht, so zerschunden war er. Und das muss ein Stückl weiter vorn bei der Straße im Graben passiert sein, dort hat man die Stelle gefunden, wo er über Nacht gelegen ist. Da war das lange Gras ganz niedergedrückt, wie bei einem Nest. Wenn Rehe oder Hirsche wo liegen, schaut es genauso aus, da war es aber der Bachhuber, seine Brieftaschen ist dort gelegen. Im Goldenen Hirschen hat man gesagt, dass er am Vorabend um elf schon wieder gegangen ist.

Noch bevor die Rettung gekommen ist, war der Singer-Simon mit dem Dienstauto schon da, der hat zu Haus in Ruh was essen wollen. Und bis wir die Sirene zum zweiten Mal an dem Tag gehört haben, hat er geschaut, dass dem Bachhuber niemand zu nahe kommt, mehr hat er nicht tun können. Geatmet hat er ja, und die Augen offen gehabt, der Bachhuber, aber geredet hat er nichts.

Weitergehen, weitergehen, da gibt es nichts zum schauen, hat der Singer-Simon immer wieder sagen müssen, weil grad von den Stadtleuten jeder was sehen wollt. Einer wollt mit seinem Handy sogar ein Foto machen, mehr hat er aber nicht braucht, so hat der Simon ihn gleich weggescheucht. Das tut man nicht, der hat den Bachhuber ja nicht einmal gekannt.

Dann ist die Rettung schon wieder gekommen. Und der Notarzt hat gesagt, dass der Bachhuber von einem Auto angefahren worden ist, so wie es ausschaut. Es stimmt, dass er auf der falschen Straßenseite nach Haus gegangen ist, auf der rechten nämlich, weil er im rechten Straßengraben gelegen ist. Er hätt auf der linken Seiten gehen sollen, wo einem die Autos entgegenkommen, weil die einen dann besser sehen und man sie selber auch. Sowas weiß man am Land. Was dem Bachhuber da eingefallen ist, hat natürlich keiner sagen können. Fahrerflucht! Weil wenn ich einen anrempel mit meinem Auto, dann spür ich das. Das sagt ein jeder. Aber keiner hat was gemeldet, sonst hätt der Singer-Simon ja Bescheid gewusst.

Wie die Rettung dann weg war, war ans Nachhausgehen zuerst einmal nicht zum denken.

Der Bachhuber ist der Mörder, haben die einen wieder gesagt, der Bachhuber ist nicht der Mörder, die anderen.

Er ist es gewesen, dann hat es ihm leidgetan und er hat sich vor ein Auto geschmissen, hat der Amon-Peperl gesagt.

Und wieso ist der mit dem Auto dann nicht stehen blieben und hat das gemeldet, hat der Maier-Tuschi wissen wollen, weil sowas würd man tun als anständiger Mensch, stehen bleiben und helfen, wenn sowas passiert.

Der Fahrer hat sich halt geschreckt, hat der Amon-Peperl gesagt.

Argument ist das keins, hat der Singer-Simon gleich gesagt, da würd ja nie ein Verkehrsunfall gemeldet werden, weil man sich bei einem Unfall immer schreckt.

Der Bachhuber ist es gewesen und deswegen hat ihn jemand mit Absicht angefahren, hat der Amon-Peperl es andersrum probiert.

Geh, hör mir doch auf, hat der Maier-Tuschi gesagt, wenn der Bachhuber jetzt sterben sollt, haben wir dann noch einen Mord in Neiselbach? Das kann es aber nicht sein.

Noch einen Mörder, da dank er schön, hat der Singer-Simon gesagt, und wer denn bitte der Rächer sein sollt für den Mord an der Frau Schalott, vielleicht gar jemand aus dem Herrenhaus?

Warum nicht, hat der Amon-Peperl gesagt, der Herr Maximilian mit seiner neuen Kraxen vielleicht.

Na, aber ganz sicher, hat der Maier-Tuschi gelacht, der fahrt im Dunkeln mit seinem neuen Mercedes auf der Straße spazieren und schaut, ob er den Bachhuber wo gehen sieht. Grad der, der es nach dem Tod von der Frau Schalott nicht erwarten hat können, sich ein Auto zum kaufen.

Dann war er es halt nicht, der Herr Maximilian, hat der Amon-Peperl da gesagt. Aber gepasst hat ihm das nicht, dass aus seiner Idee schon wieder nichts geworden ist, das hat man sehen können.

Da wird eins mit dem anderen schon nichts zum tun haben, hat der Singer-Simon gesagt. Ein grauslicher Fall von Fahrerflucht halt, aber sonst nichts. Das würd man hier draußen kennen, weil kaum ein Tag vergeht, wo es nicht tuscht.

Gescheiter waren wir alle nicht, und trotzdem haben die Leut angefangen zum nach Haus gehen. Die aus der Wiener Stadt, die sind schon vor einer hübschen Weile gegangen. Man fahrt ja nicht aufs Land und bleibt dann nur in einem Gastgarten sitzen, stundenlang. Da will man schon ein bissel mehr erleben, spazieren gehen oder sich was anschauen, wenn es was gibt, das man sich anschauen kann. Unser Bauernhofmuseum oder die Ruine von den Raubrittern oben in Siebenstein vielleicht.

Es waren nur mehr wenige da und die Meinigen schon eine Weile fort, nach dem Vieh schauen, aber der Singer-Simon hat der Mizzi und mir versprochen, uns mit dem Auto mitzunehmen. Er wollt noch auf den Herrn Kriminalinspektor Müller warten, der aus seinem Zimmer herunterkommen wollt. Wenn der größte Rummel vorbei ist, hat der Simon gesagt. Und den wollt ich so gern wiedersehen, weil ich ja auch dabei war, wie er seiner Frau Lisi das SMS geschickt hat, mit dem eigentlich alles angefangen hat.

Geschreckt hab ich mich dann genug, wie der Herr Kriminalinspektor runtergekommen ist. Obwohl er eine Sonnenbrille aufgehabt hat. Die Frau Lisi, die hat gestrahlt und gesagt, wie gut er jetzt schon ausschaut, weil am Tag davor ist es noch schlimmer gewesen. Da war ich froh, dass ich ihn da nicht gesehen hab.

Bewegt hat er sich wie unser Kater, den letztes Jahr der Traktor angefahren hat. Ganz langsam und den Hals nach vor gestreckt, als möcht ihm jeder einzelne Schritt zu viel sein.

Mir scheint, Ihre Rippen sind gebrochen, Sie kommen daher wie damals unsere Katz, hab ich gesagt. Und dass unser Doktor heut nicht da wär, aber der Tierarzt, und das wär aber eh der, der ein Röntgen hätt. Der Simon sollt ihn hinfahren, dann wüsst er, was los ist.

Da hat sich der Herr Kriminalinspektor mit der Linken am Tisch festgehalten, weil er noch immer gestanden ist, hat sich die Rechte auf die Seite gedrückt und Aua, Aua, Aua gestöhnt. Das hat ein Lachen sein sollen, hat er mir dann gesagt, wie er wieder Luft bekommen hat und gesessen ist. Und ich soll aufhören, solche Witz zu machen. Ehrlich gestanden hab ich nicht gewusst, was so lustig hat sein sollen, ich find, ein Tierarzt sieht genauso viel wie ein Doktor. Und die Rettung an dem Tag noch ein drittes Mal nach Neiselbach zu rufen, wär schon ein wengerl arg gewesen.

Glücklich war die Frau Lisi in ihrem frischen Blumerlkleid. Angehimmelt hat sie ihren Herrn Kriminalinspektor, ihm zart die aufgeschlagenen Fingerknöchel gestreichelt. Und ich hab mich gefragt, was der Herr Kriminalinspektor sich eigentlich vorstellt, was wir hier alle glauben, wie ein solches Gesicht ihm in Neiselbach passieren hat können. Im Goldenen Hirschen die Treppe runtergeflogen? Der Herr Pfarrer ist zwar auch die Stiegen runtergefallen, aber der ist schon ein bissel älter und in der Kirchen ist die Treppen aus Stein und nicht aus Holz.

Und außerdem hab ich mich gefragt, ob ihm sonst noch was eingefallen ist. Zur der Frau Lisi nämlich und ihrem Mann und der Scheidung und dem allen. Und ob er sie jetzt heiraten wird. So dreingeschaut hat er ja, aber ich hab nicht vergessen, dass die Frau Mizzi gesagt hat, dass er zum Zusammenleben nicht taugt.

Die Mizzi hat den Singer-Simon und mich zum Kaffee zu sich ins Herrenhaus eingeladen, da sind wir aufgebrochen und haben die Turteltauben allein gelassen.

Bei der Küche hinten am Parkplatz ist der Simon mit dem Auto stehen blieben und hat die Mizzi nach dem neuen Mercedes vom Herrn Maximilian gefragt. In der Früh, hat sie gesagt, ist er noch dagestanden. Jetzt war er weg.

Und wie wir um die Ecke gekommen sind, war auf der Festwiesen der Teufel los, der Alois hat die Hecken nicht geschnitten und den Rasen nicht gemäht, weil der Hubertus ihm angeschafft hat, eine neue Schanze für seine Motocross-Maschine zum bauen.

Wer hat jetzt hier eigentlich das Sagen?, hat der Herr Maximilian geplärrt und hektisch seine paar Haar über den Schädel gelegt. Dabei war die Schreierei umsonst, weil der Alois ihn gar nicht hören hat können. Es war Sonntag, und da ist der immer bei sich zu Haus. Und ich hab mir gedacht, dass es mit der Freundlichkeit vom Herrn Gemeinderat schon die ganze Woche nicht weit her war.

Platzhirschallüren, die fallen mir am Hubertus schon langsam auf, hat der Herr Johannes gesagt und ein Gesicht gemacht, als hätt er eine Zitronenscheibe im Mund.

Servus, hat der Simon laut gegrüßt und den Herrn Maximilian gleich einmal gefragt, wo sein neuer Mercedes ist.

Der Firma zurückgegeben, hat der Herr Maximilian gesagt, weil ihm das blöde Getratsche auf die Nerven gegangen wär, dass er sich ein Auto gekauft hätt, weil die Frau Schalott tot ist.

Schad, hat der Simon gesagt, weil es mit dem Bachhuber einen Unfall gegeben hat und er schauen wollt, ob an dem Mercedes noch alles dran ist.

Platzhirschallüren, hat der Herr Johannes noch einmal gesagt, und wer dem Buben eigentlich erlaubt hätt, am Nachmittag fortzugehen. Ohne jemand zum sagen, wohin er geht und wann er wiederkommen wird.

Was das jetzt heißen soll, Mercedes anschauen und Unfall, hat sich der Herr Maximilian aufgepudelt.

Sein Sohn würd sowas später einmal nicht machen, hat der Herr Johannes gesagt, einfach kommen und gehen, ohne was zum sagen.

Welcher Sohn?, hat die Frau Hella sich deppert gestellt und Kuchenbrösel von ihrem fleckigen Rock gebürstet. Dabei hat die das von dem Nachwuchs vom Herrn Johannes und der Frau Schanätt sicher schon gehört gehabt. Und gesagt hat sie sowas nur, weil sie nicht dran geglaubt hat und weil sie außerdem keine anderen Kinder im Herrenhaus haben wollt.

Unser Sohn!, hat der Herr Johannes gesagt, der Frau Schanätt den Arm um die Schultern gelegt und sie fest gedrückt.

Manche Männer sind halt so deppert, da kann man nichts machen, hab ich mir gedacht.

Das wird ein Nachspiel haben, das mit dem Unfall, hat der Herr Maximilian gesagt, sowas lasst er nicht auf sich sitzen.

Freunde wird der Hubertus treffen, hat die Frau Hella gesagt und ist sich mit den Fingern durch die lockigen Stirnfransen gefahren. Und weil es in der Sonne kaum zum aushalten war, hat sie sich unter den

Sonnenschirm gesetzt und zu ihren Kindern rübergeschaut. Die haben bei den Kastanienbäumen Ball gespielt.

Kommende Woche wird er sechzehn Jahr, hat sie dann gesagt.

Und ich hab mich gefragt, ob dem Hubertus überhaupt zum Feiern ist.

29

„Müller, Müller, Müller“, sagte Patrick Sandor, „wozu das alles, wenn nicht auch noch der letzte Schritt?!“

Müller zuckte mit den Achseln und setzte die Sonnenbrille auf. Sie saßen à deux im Gastgarten, Gäste des Goldenen Hirschen präferierten zu dieser Stunde die Stube. Elf Uhr abends, Frau Lisi war bereits zu Bett gegangen.

„Ein romantisches Gemüt erwartet solches“, behauptete Patrick Sandor.

Müller grunzte.

„Können Sie mich überhaupt noch sehen?“, fragte Sandor infam.

Müller schnalzte ungeschickt mit der Zunge.

„Sie müssen sich doch etwas dabei gedacht haben!“, sagte Sandor. So sah er es in der Tat. Wenn man sich prügelnd auf Gräbern wälzt, hat man etwas vor.

„Rotes Gift!“, nuschelte Müller.

„Anspielungen auf meine erste Frau nenne ich perfid“, sagte Sandor.

Müller nahm die Sonnenbrille ab. Sandor blickte in dunkel umschattete Augen.

„Guter Gott! Setzen Sie sie wieder auf“, sagte er. „Frau Lisi bis ans Ende ihrer Tage die Cour zu machen und sich mit Fäusten mit ihrem Mann zu duellieren, ist dürftig.“

Müller führte seine Rechte zum Mund und einen Augenblick lang fürchtete Sandor, er könne an seinem Barte ziehen. Er ließ die Hand jedoch nur ruhen, der Hinweis vielleicht, beharrlich zu schweigen wie einer der drei Affen.

„Ich versuchte lediglich, Konversation zu machen“, sagte Patrick Sandor.

30

Zeitig in der Früh am Montag, wie es noch dunstig war im Tal, da ist der Sohn zum Greißler hinunter, ein Öl für die Motorsäge kaufen. Gleich gegenüber von der Frisurstuben von der Heidi, wo vor der Tür Bänke stehen und die Leut sich auf einen Plausch hinsetzen. An dem Tag war kein Platzerl mehr frei, weil jeder, der einkaufen kommen ist, wissen wollt, was es Neues gibt. Und wenig war das nicht.

Dass es dem Herrn Pfarrer ganz schlecht gehen würd und er im Spital bleiben müsst, und dass deswegen ein neuer Pfarrer bei uns vorbeikommen würd, für die Sonntagsmess und was noch so anfallen tät.

Und dass der Herr Maximilian nach Wien will und nicht mehr im Gemeinderat bleiben, sondern in die hohe Politik gehen. Er würd nämlich nicht glauben, dass man seine Arbeit und ihn so richtig schätzen tät, hier in Neiselbach.

Beleidigte Leberwurst, hab ich mir gedacht, wie der Sohn das erzählt hat. Und dass die in Wien, grad dort, sicher auf ihn warten werden.

Und von der Thesi hat man sich erzählt, dass sie mit einem Mann auf und davon wär, weil sie noch immer nicht nach Haus kommen ist. Eine Idee, wer das denn sein soll, hat aber niemand gehabt. Von den Mannsbildern im Ort ist uns ja keiner abgegangen, alle waren da. Und von auswärts kann die Thesi eigentlich keinen Mann gekannt haben.

Und der Herr Maximilian hat, wie er dahergekommen ist, gesagt, dass es doch der Bachhuber gewesen ist, der die Frau Schalott okragelt hat. Darauf hat er ganz fest bestanden. Dass sich der Bachhuber jetzt auf einmal an nichts mehr erinnern könnt, wär nicht dem Herrn Maximilian sein Problem. Und das Geständnis hätt der Bachhuber nur widerrufen, weil er draufkommen ist, dass er im Gefängnis nichts zum saufen kriegt. So würden alle denken im Herrenhaus. Und dass seine Frau, die Hella, gesagt hat, dass die Thesi es schon immer faustdick hinter den Ohren gehabt hätt, die hätt nur immer so unschuldig getan. Ein Früchterl, mit einem Wort.

No, wenn die Frau Hella hinter dem Rücken von jemand was zum sagen hat, teilt sie ganz schön aus, hab ich mir gedacht.

Und dass man sich für den Hubertus eine Schule überlegen müsst, der würd ihnen über den Kopf wachsen, der junge Mann, hat der Herr Maximilian gesagt, weil er am Vorabend spät nach Hause kommen ist. Und nach Wein hat er auch gestunken. Und dass er halt viel zu sehr an seiner Mutter gehangen wär, mehr als wie ihm gutgetan hätt. Aber jetzt müsst endlich einmal eine Ruh sein.

No, in wenigen Tagen wird er sechzehn Jahr, da wird sich der Wirt nichts mehr angetan haben beim Ausschenken.

Und wie er das alles erzählt gehabt hat, der Sohn, hat er sich zusammengepackt und ist mit der Schwiegertochter nach Wiener Neustadt gefahren. Einmal in der Woche wird im großen Supermarkt alles eingekauft, was man so braucht. Da sind sie den ganzen Tag unterwegs, weil sie sich umschauen, was es Neues gibt, und noch beim Baumarkt auf ein Grillhendl gehen.

Ich hab mir das Schürzenkleid über die Kombinesch gezogen und bin vor die Tür. Ich hab mich unter die große Esche in den Schatten setzen wollen mit meinem Flickenkorb, zu meinem Lieblingsplatz war es mir mit der Wäsch zu weit. Und außerdem sind vom Schneeberg Wolkenfetzen herübergezogen, das heißt um die Tageszeit nichts Gutes. Ein Häferl Kaffee hab ich mir gleich mitgenommen, mit dem geht einem die Arbeit viel leichter von der Hand. Aus dem Korb hab ich ein Hemd gezogen, zwei Knöpfe haben gefehlt und bei der Brusttasche war es auch leicht eingerissen. Ich muss mich ja immer wundern, was so ein Mannsbild für ein Reißteufel ist. Der ganze Korb war nur mit den Sachen vom Sohn voll, und weil ich das Flicken nicht mag und es immer wieder rausschieb, ist einiges zusammengekommen. Was du heute kannst besorgen, das verschiebe nicht auf morgen, hat die Großmutter immer gesagt. Aber ich hab mir in meinem Leben schon oft gedacht, dass übermorgen auch noch allweil Zeit ist.

Ich war mit dem dritten Hemd fast fertig, wie der Wolfi zum bellen angefangen hat. Die Frau Lisi ist die Straße raufkommen und wollt sich auf die Bank beim Marterl und den Haselstauden setzen. Da hab ich ihr gewunken.

Hübsch war sie in dem gelben Kleid mit dem Spitzenkragen, und vom Heraufsteigen haben die Wangen eine Farbe gehabt wie wilde Rosen. Glücklich hat sie ausgeschaut, aber auch ein wengerl nachdenklich. Ich hab mir schon denken können weswegen. Für sie hat der Herr Kriminalinspektor jemand geschlagen und sich auch hauen lassen, aber eigentlich war die Frau Lisi so gescheit wie zuvor. Weil mit ihrem Mann war sie noch immer verheiratet. Und der Herr Kriminalinspektor hat ihr nichts gesagt. Dass er bei ihr bleiben möcht. Und als hätt sie meine Gedanken lesen können, hat mich die Frau Lisi aus heiterem Himmel gefragt, ob ich glauben tät, dass der Herr Kriminalinspektor sie heiraten würd.

No, Kinderl, hab ich gesagt und mir beim Zwirneinfädeln Zeit gelassen. Man will so einem jungen Menschen ja nicht gleich den Mut nehmen. Dann hab ich sie aber doch erinnert, dass sie schon mit einem anderen verheiratet ist, sonst hätt es vielleicht kein anderer getan, weil sich die Leut sowas oft nicht trauen. Und dass man da einmal eine Ordnung hineinbringen sollt, bevor man sich den Kopf über ungelegte Eier zerbricht.

Mit ihrem Mann wär sie fertig. Wenn jemand auf ein Seminar geht und sich gleich in die Erstbeste verliebt, und von ihr, der Lisi, nach den paar Tagen die Scheidung will, und das alles nach vier Jahren Ehe, dann wär der bei ihr auf immer und ewig unten durch. Ihren Herrn Kriminalinspektor würd sie immerhin schon zwei Jahre kennen und lieben. Das wär so gesehen was ganz was anderes.

Wie das gemeint war, hab ich nicht so recht verstanden, aber Verstehen hat bei einer Lieb eh nichts verloren.

Die Thesi, die wär einfach auf und davon, und recht hätt sie, hat die Frau Lisi dann gesagt. Weil es auf das Romantische ankommt, überhaupt am Anfang von einer Liebe, später im Leben gibt es davon eh nicht mehr genug.

No, von der Romantik kann man halt schlecht leben, hab ich gesagt, da hat man nichts zum beißen, was Reelles muss schon auch sein.

Das hab ich sagen müssen, weil die Jungen, wenn sie zu viel spintisieren, leicht den Kopf und dann den Boden unter den Füßen verlieren. So jung war die Frau Lisi ja nicht mehr, aber mit ihrer Art hat sie mich an die Thesi und ihre Prinzen aus den Dreigroschenromanen erinnert. Da hab ich den Fingerhut wieder angesteckt, weil ich noch zwei Hemden zum flicken gehabt hab.

Auf einmal war er da, der erste Windstoß. Während wir geplauscht haben, sind aus den Fetzen am Himmel dicke Wolken geworden.

Da hab ich der Frau Lisi gesagt, dass sie runter muss ins Dorf. Wenn es einmal so anfangt, kann es ungemütlich werden. Und der Sohn würd erst gegen Abend wiederkommen, da wär keiner da, der sie runterbringen könnt.

Ich hab den Korb und die geflickten Hemden ins Haus getragen und das Türl von meinem Gemüsegarten zugemacht, der Wind hat es hin- und hergeschlagen. Tropfen ist noch immer keiner gefallen. Das Licht hab ich in der Küche andrehen müssen, so dunkel war es mitten am Nachmittag. Kaum dass ich gesessen bin, hab ich wieder aufstehen müssen, in den Oberstock hinauf. Die Fenster in den Schlafzimmern waren offen und die Flügel haben gegen die Mauer geschlagen. Und kaum war ich oben, hat unten das Telefon geläutet. So ist das immer. Wenn ich das Mobiltelefon unten liegen lass, dann läutet es, wenn ich es mitschlepp, ruft kein Mensch an.

Ich hab geschaut, dass ich schnell wieder runterkomm, leicht ist das mit den orthopädischen Schuhen nicht.

Und plötzlich war es, als hätt sich die Hölle aufgetan. Der Donner ist losgekracht und oben im Stock ein Geklirr, wie wenn der ganze Geschirrkasten umgefallen wär.

Und in meiner Hand hat es aus dem Hörer geheult, als wär der Leibhaftige dran!

31

„Eine Idee?“, fragte Patrick Sandor Revierinspektor Singer.

„Im Moment nicht“, antwortete dieser und beulte mit den Fäusten die Taschen seines Beinkleides aus. Sein Hemd schien nicht so akkurat gebügelt wie die Tage zuvor. Der ungelöste Fall begann, Spuren zu hinterlassen.

Müller hatte seinen Balkon verlassen, dem Krankenlager Ade gesagt und sich seinen beiden Kollegen angeschlossen. Die dunkle Brille hatte er beibehalten. Er verbreitete den Nimbus einer bedeutenden Persönlichkeit südöstlicher Provenienz. Und doch fehlte ihm Entscheidendes – eine Idee.

Dazu war nichts zu sagen, Patrick Sandor hatte selber keine.

32

Fürs Autofahren hab ich keinen Führerschein, aber so wie ich noch allweil mit dem Rechen das Heu zusammentun kann, kann ich Traktor fahren. Das verlernt man ein Lebtag nicht, wenn man es einmal gelernt hat. Ich bin in eine Jacken geschlüpft, hab ein Kopftuch umgebunden und meinen Stock genommen und bin hinaus zum Schupfen, wo der alte Traktor steht, mit dem der Sohn nur wenig fahrt. Das Raufklettern war das Schwierigste, auch wenn es da Haltegriffe gibt. Aber angesprungen ist er wie ein Glöckerl, dann hat es schon losgehen können, über die Forststraße zum Herrenhaus hinüber.

Da hab ich noch immer nicht gewusst, was eigentlich passiert ist, nur dass es die Mizzi war, die am Telefon gewesen ist. Aber die hat so viel geplärrt, dass ich kein Wort verstanden hab. So hab ich sie noch nie erlebt gehabt. Das war der Grund, warum ich mir gedacht hab, ich fahr mit dem Traktor, weil bei mir daheim noch keiner war und ich sie in dem Zustand nicht allein hab lassen wollen. Sonst wär ich bei dem Wetter zu Haus geblieben. Grad wie ich weggefahren bin, hat der Wind so geweht, dass Bäume und Sträucher nur so hin- und hergeschaukelt sind.

Am Parkplatz vom Herrenhaus ist kein Auto gestanden, von den Herrschaften war niemand daheim. Ich hab auf die Hupen gedrückt, damit die Mizzi mir beim Runterklettern hilft. Aus der Küche ist sie gelaufen gekommen, ein Schnäuztuch auf den Mund gedrückt, und hat gleich wieder zum heulen angefangen. Was aber wirklich zum Fürchten war, das waren der Mizzi ihre Haar, die aus der Zopfkrone rausgestanden sind. Mein Lebtag hab ich sie so nicht gesehen.

Mizzi, was hast denn, schau, das wird schon wieder, hab ich zu ihr gesagt, auch wenn ich noch nicht gewusst hab, worum es eigentlich geht.

Sie hat gar nicht daran gedacht, mir runterzuhelfen, so durcheinander war sie, bitten hab ich sie müssen. Fest gedrückt hab ich sie, ihr auf den Rücken geklopft wie bei einem kleinen Kind, weil sie sich nicht hat beruhigen können.

Jetzt sag schon, hab ich dann gesagt.

Deswegen bin ich ja gekommen, damit ich weiß, was passiert ist. Wenn kein Familienauto da ist und niemand daheim, wird es schon nicht so arg sein, hab ich gedacht. Ein teures Geschirr hat sie vielleicht fallen lassen, die Mizzi, und es sich so zu Herzen genommen, weil sie seit dem Tod der Frau Schalott angerührter war wie sonst.

Dort, hat die Mizzi aber geschluchzt und mit dem Zeigefinger zu den Nebengebäuden gezeigt.

Ich hab gar nicht gewusst, was da drüben alles ist. Früher einmal war dort auch der Platz für die Rösser. Jetzt wird man halt die Gartensachen untergestellt haben, hab ich mir gedacht. Da hat es langsam zum regnen angefangen, dicke Tropfen, die auf die Pflastersteine geklatscht sind.

Wir sind waschelnass, bis wir drüben sind, hab ich zur Mizzi noch gesagt, möchtest mir nicht einfach sagen, was da drüben ist? Und wir schauen später nach, wenn es zum regnen aufgehört hat?

Da hat sie wieder aufgeheult, und am Himmel hat der erste Blitz hell aufgeleuchtet. Nur der Donner hat auf sich warten lassen.

In Gottes Namen, hab ich gesagt, dann gehen wir halt.

Wir sind auch gleich rüber. So weit ist es nicht, aber nass waren wir trotzdem, wie wir angekommen sind. Schirm haben wir keinen gehabt und auch nichts Gescheites an.

Ein bissel hat sich die Mizzi beruhigt gehabt, ihr kariertes Schnäuztuch hat sie aber immer noch vor den Mund gehalten. Und an meinen Arm hat sie sich gehängt, als möcht sie mir beim Gehen helfen. Dabei hab ich sie hinter mir hergezogen.

Was war denn da früher, hab ich vor der offenen Holztür noch gefragt.

Die Waschküch, hat die Mizzi gewimmert.

Ein Blitz hat den Himmel zerrissen, deswegen bin ich fast blind über den Türstock gestolpert, so hell war der. Dann hat ein Donner losgebrüllt, dass ich auf dem buckligen Erdboden da drin fast gefallen wär, so hab ich mich erschreckt.

Ich hab in der Waschküch zuerst gar nichts sehen können, weil es dunkel gewesen ist, grad nach dem hellen Blitz. Die Fenster sind klein, früher hat man so gebaut. Nur Schatten hab ich erkennen können, links einen Waschtisch und hinten in der Ecken war noch was. Hinter mir hab ich die Mizzi schnaufen hören.

Langsam haben sich meine Augen ans Düstere gewöhnt, da bin ich ein Stückl weiter rein gegangen. Aber wie ich das gesehen hab, hab ich die Augen ganz schnell zugedrückt. Ein Kreuz hab ich geschlagen.

Neben dem Waschzuber, in dem schönen Kleid mit den grünen Punkten, die Augen blau verschmiert, schwarze Tränen bis zum Kinn und den Kirschmund verwischt, ist sie mit dem Hals in den Wäscheleinen gehangen. Die Thesi.

Und gerochen hat es nach Patschuli und noch was Süßlichem.

33

In der Küche im Herrenhaus hab ich Wasser aufgesetzt für einen Tee und der Mizzi gesagt, sie soll sich einmal hinsetzen. Davor hab ich den Simon angerufen gehabt. Die Mizzi hätt lieber einen Kaffee gehabt, aber bei der Aufregung wär das nicht gescheit gewesen. Sie hat es sich ja so zu Herzen genommen, weil sie die Taufgodel von der Thesi gewesen ist und weil sie mutterseelenallein im Herrenhaus gewesen ist. Da kann man schon das Fürchten kriegen.

Der Simon hat gesagt, dass er mit dem Herrn Kriminalinspektor und mit dem Herrn Doktor eh schon unterwegs ist, und dass sie gleich da sein werden.

Ich hab meine nasse Jacke ausgezogen und die Mizzi hätt sich besser auch was Trockenes anziehen sollen. Hätt keinem was genützt, wenn sie sich jetzt noch den Tod geholt hätt. Sie wollt aber ein paar Minuten sitzen bleiben und Luft holen. Vor den Fenstern hat es gerauscht, als möcht die Sintflut noch einmal über uns hereinbrechen. Gewundert hätt es mich nicht, nach dem, was ich grad zum sehen bekommen hab.

Dann waren sie schon da, die Herren, sind gar nicht zu uns reinkommen in die Küche. Ich hab ihnen nur gesagt, wo sie hinmüssen, mitgegangen bin ich aber nicht. Mit den orthopädischen Schuhen ist das kein Honigschlecken, schon gar nicht bei dem Regen, aber vor allem hab ich das da drüben nicht noch einmal sehen wollen. Die Mizzi hat schon was Trockenes angehabt, aber gezittert hat sie wie Espenlaub, fast angeschüttet hat sie sich mit ihrem Tee. Und um die Haar, die aus der Zopfkrone rausgestanden sind, hat sie sich gar nicht gekümmert. Da hab ich sie einmal in Ruh gelassen, damit sie wieder zu sich kommt.

Dann ist es Schlag auf Schlag gegangen. Autos mit Blaulicht sind gekommen und die Polizisten, die ausgestiegen sind, gleich zur Waschküche hinüber, und dann auch noch ein Krankenwagen. Wer den bestellt hat, weiß ich nicht, krank war ja keiner, nur tot. Aber vielleicht werden die Toten, wenn sie in die Gerichtsmedizin sollen, auch mit einem Krankenwagen abgeholt.

Dann sind wir dagesessen, die Mizzi und ich, und haben einmal nichts gesagt, weil nichts mehr zum sagen war. Und mir ist eingefallen, dass der Mutter von der Thesi das auch noch wer sagen muss. Weil die noch immer geglaubt hat, dass die Thesi mit irgendeinem Mannsbild auf Läpschi ist.

So still war es bei uns in der Küche, dass man die Wanduhr ticken hat hören, dabei hat der Regen vor den Fenstern geplätschert. Manchmal hat man das Gefühl, als würd die Lebensuhr schlagen. Dort in der Küche ist das so ein Moment gewesen.

Da ist auf einmal ein Auto angebraust gekommen, die Kieselsteine hat man fliegen hören und die Autotüren scheppern. Dann ist die Küchentür aufgeflogen und gegen die Mauer gekracht:

Was zum Teufel ist hier los!, hat der Herr Maximilian geplärrt.

34

Patrick Sandor blieb in der Tür der Waschküche stehen, es war kaum etwas zu sehen. Dunkelheit, bis Müller den Lichtschalter fand. Eine triste Glühbirne erhellte unzureichend den Raum, machte eine Waschtruhe an der linken Wand sichtbar, den Waschzuber und die junge Tote. Von Revierinspektor Singer erbat Sandor eine Taschenlampe. Auf der Truhe lagen ein Rucksack, Schminksachen und ein offenes Heft. Müller nahm das Büchlein in die gummibehandschuhte Hand, klappte es zu und betrachtete den Einband.

„*Der Königssohn und seine Braut*", las er vor und versetzte dem Lippenstift einen Schubs, dass er bis an den Rand des Truhendeckels rollte.

„Sie war zu früh dran, hat auf jemanden gewartet, gelesen ..." überlegte er laut und legte den Dreigroschenroman auf die Truhe zurück.

Er drehte sich um, leuchtete der Toten ins Gesicht. Verrutschte Farben. Jetzt erst konnte man es sehen.

„Sie hat sich besonders hübsch gemacht, da bringt sich so jemand dann nicht selber um", sagte Müller und richtete den Lichtstrahl auf den Boden. Der Toten näherte er sich nicht, sie warteten noch auf die Spurensicherung. Sie kam, auch der Pathologe, der in der Ambulanz mitgefahren war.

Zu dritt stellten sie sich unters Vordach vor die Tür und starrten in tropfende Kastanienbäume. Müller tastete auf seinem Kopf nach der Sonnenbrille, schob sie auf die Nase.

„Der Mörder ist vielleicht nicht der, mit dem sie sich hat treffen wollen", sinnierte er, „aber in der Gegend herumrennen brauchen wir nimmer, hier im Herrenhaus sind wir schon richtig!"

Durch das Plätschern der Regentropfen hörte man beim Herrenhaus eine Männerstimme lärmen.

35

Der Herr Maximilian hat weitergeplärrt, bis der Herr Doktor, der Herr Kriminalinspektor und der Simon von der Waschküche zu uns rübergekommen sind. Die Mizzi hat gar nichts gesagt, die ist sich nur mit der Hand über ihre Zopfkrone gefahren, als möcht sie sich wundern, dass dort die Haar rausstehen.

Was es da zum schreien gibt, wollt der Simon wissen, und der Herr Maximilian hat sich aufgeregt, dass überall fremde Menschen herumlaufen würden, ohne zum fragen. Und grad dann, wenn keiner daheim ist.

Bei Mordermittlungen melden wir uns nicht extra an, hat der Simon gesagt. Und ich hab mir gedacht, dass es höchste Zeit ist, dass man das dem Herrn Maximilian endlich einmal hineinsagt.

Die Thesi tät nämlich in der Waschküche hängen, und die Schonzeit wär jetzt vorbei. Für alle hier im Herrenhaus, weil das sicher keiner von auswärts gewesen wär, hat der Simon gesagt.

Frechheit!, hat der Herr Maximilian plärrt.

Da wollt der Simon wissen, ob er eigentlich wirklich so blöd ist oder sich nur so stellen tät, weil, wenn schon zwei Frauen hier im Herrenhaus okragelt worden sind, leicht eine dritte dazukommen könnt. Und er möcht jetzt gleich von ihm wissen, ob er sich mit der Thesi ein Stelldichein in der Waschküche ausgemacht hätt oder ob er da besser den Johannes fragen sollt.

Da ist der Herr Maximilian ganz rot worden im Gesicht, hat den Kopf zur Brust gedrückt und sein Doppelkinn geschüttelt. Ausgeschaut hat er wie unser Truthahn vom letzten Jahr, Ton hat er aber keinen mehr rausgebracht. Sicher war ich mir nicht, ob der Simon das mit der letzten Frage ernst gemeint hat. Ich glaub, er war in dem Moment schiach auf den Herrn Maximilian, weil der von Anfang an so getan hat, als ob er was Besseres wär.

Alle werden zu einer Vernehmung geladen, hat der Simon gesagt, und jeder sollt da wissen, was er am Samstagnachmittag getan hätt. Da hätt man der Thesi das angetan, das hätt ihm die Spurensicherung mitgeteilt.

Sie würd sich hinlegen gehen, ihr wär gar nicht gut, hat die Mizzi gesagt und ist aufgestanden. Das hat man verstehen können, wer einen Toten als Erster findet, schreckt sich am meisten.

Alle hier sind verdächtig?, hat der Herr Maximilian dann doch noch herausgebracht.

So schauts aus, hat der Simon gesagt, und dass sie jetzt zurück zur Waschküche gehen würden, nach den anderen Herren schauen. Und zur Thesi ihrer Familie müssten sie auch noch rauf, die traurige Nachricht überbringen.

Dem Herrn Kriminalinspektor und dem Herrn Doktor hat der Simon die Tür aufgehalten, sie vorgelassen und mir gewunken. Ich wollt eh nicht mit dem Herrn Maximilian allein in der Küche bleiben. Die beiden Herren sind im Regen gleich zur Waschküche hinübergelaufen, und der Simon hat sich zu mir hergedreht.

Wenn alle in der Waschküche drinnen sind, kannst fahren. Dass du ohne Führerschein mit dem Traktor unterwegs bist, geht keinen was an.

36

Lang war der Traktor nicht im Schupfen abgestellt und ich im Haus, da hat der Simon angerufen und gefragt, ob es mir nicht doch recht wär, wenn er mich mit den beiden Herren abholen würd. Mit rauf zur Thesi ihrer Familie, weil grad die Mutter, wenn sie das mit der Thesi erfahrt, einen Beistand brauchen könnt.

Ja, hab ich gesagt und mich zur Eingangstüre hingesetzt, damit ich es nicht weit hab, wenn sie mich holen kommen. Da hab ich es läuten hören. Das Zinnglöckerl, dreißigmal, weil die Thesi eine junge Frau gewesen ist. Da hab ich gewusst, dass der neue Pfarrer angekommen ist.

Bei der Mutter von der Thesi oben war es schrecklich. Das ist es wohl immer, wenn man Eltern sagen muss, dass ihr Kind nicht mehr ist. Weil es gegen die Natur ist, dass was Junges vor was Altem stirbt. Und wenn es dann noch umgebracht worden ist wie die Thesi, ist es ganz schlimm. Und vielleicht war es auch so besonders arg, weil die Mutter ein schlechtes Gewissen gehabt hat. Sie hat die Thesi zu Lebzeiten ja nicht leiden können, weil sie mit ihr nicht zurechtgekommen ist.

Der Simon hat den Vater aus dem Stall geholt und ihm gesagt, dass er rüber in die Küche kommen soll. Da hat schon die Anni mit dem Kleinen auf der Hüfte in der Küche gewartet, die Mutter war auch da und bös, weil die Thesi noch immer nicht da war. Da haben sie es ja noch nicht gewusst.

Aufgeheult hat sie wie ein krankes Tier, und der Kleine hat zum greinen angefangen. Der hat sich ja nicht ausgekannt, was die Mutter hat. Der Vater hat sich hingesetzt und auf seine Schuh runtergeschaut, nur die Anni ist noch gestanden und hat den Kleinen hin- und hergehutscht. Und ich hab der Mutter ihre Hand genommen und sie fest gehalten. Zum sagen gibt es bei so etwas nicht viel.

Die Besten holt der liebe Gott zuerst, hat die Mutter geweint, und die Anni hat ein Gesicht gemacht, als hätt sie sich verhört. Weil die Mutter über die Thesi noch nie so etwas gesagt gehabt hat. Und die Anni war zu jung, um zu wissen, dass die Leut, kaum dass einer tot ist, über Tote ganz anders sprechen wie zu ihren Lebzeiten.

Der Simon hat gefragt, ob sie sich vielleicht der Thesi ihr Zimmer anschauen dürften, weil man was finden könnt, irgendwas über den Mann, mit dem die Thesi verabredet gewesen ist.

So eine wär ihre Thesi nicht gewesen, hat die Mutter wieder losgejammert, sondern eine ganz Liebe und eine Fleißige.

Die Anni hat leicht den Kopf geschüttelt und den Kleinen von der linken auf die rechte Hüfte gehoben. Da hab ich ihr gesagt, sie soll sich zu uns hersetzen auf die Bank.

Es würd ja keiner sagen, dass die Thesi sich herumgetrieben hätt, aber Lackschuh hätt sie angehabt und Farbe im Gesicht, hat der Simon gesagt. Und dass sie jetzt in den Oberstock raufgehen würden, in der Thesi ihr Zimmer.

Solang sie weg gewesen sind, hat keiner ein Wort gesagt. Der Vater hat seine Schuh angeschaut, die Mutter ein Geschirrtuch auf die Augen gedrückt und die Anni hat den Kleinen auf den Knien gehutscht.

Es hat nicht lang gedauert, da sind sie wieder runterkommen, der Simon, der Herr Doktor und der Herr Kriminalinspektor. Und der Simon hat einen Plastiksack in der Hand gehabt, den er am Tisch ausgeleert hat. Lauter unnötiges Zeugwerk war da drin, Lippenstift und Schminkzeug, schwarze Handschuh und ziemlich viele CDs. Zum Musikhören und zum Filmanschauen.

Ob jemand die Sachen kennen tät, hat der Simon gefragt. Das alles wär in einer zugesperrten Lade gelegen.

Das sind die Sachen, die die Thesi sich hat schenken lassen, damit sie den Mund halt, hat die Anni gesagt, so schnell hat keiner von uns schauen können.

Was du allweil weißt!, hat die Mutter sie angefahren, sie selber hätt das alles noch nie gesehen, das wären vielleicht gar nicht der Thesi ihre Sachen.

Vielleicht hat sie sich beim Geschenktbekommen nichts Spezielles gedacht, hat der Simon gesagt, aber es könnt zwischen den Sachen und dem Mord einen Zusammenhang geben. Dass die Thesi nämlich was gesehen hätt, was sie nicht hätt sehen sollen. Vorkommen würd sowas schon mal. Und dann hätt man ihr was geschenkt, was jetzt bei den Sachen hier dabei wär. Vielleicht hätt auch nicht der, mit dem sie sich hat treffen wollen, ihr das angetan, sondern ganz wer anderer. Nämlich der, der schon die Frau Schalott am Gewissen hätt.

Wenn so ein guter Mensch wie die Frau Schalott umbracht worden ist, die nie niemand was getan hätt, dann dürft die Thesi sich auch umbringen lassen, weil die hätt auch nie jemand was getan, hat die Mutter gesagt.

Keiner hat verstanden, wie das gemeint war, aber zum weinen hat sie aufgehört, als wär es ein Trost. Und dafür hat keiner mehr was darauf gesagt.

Der Simon hat alles wieder in den Plastiksack geräumt und dem Vater und der Mutter gesagt, dass er das mitnehmen wird. Aber die beiden hat das eh nicht mehr interessiert. Keiner hat daran gedacht, dass in dem Sackerl das Geschenk vom Mörder sein könnt, für die war das einfach Zeugwerk, das vielleicht nicht einmal der Thesi gehört hat. Die Mutter hat das Geschirrtuch auf die Augen gedrückt, der Vater hat seine Schuh angeschaut und die Anni hat den Kleinen auf den Knien geschaukelt. Und der war ganz ruhig, weil er gespürt hat, dass heute alle anders sind. Nur mit offenem Mund laut atmen hat man ihn gehört, weil sein Naserl verstopft war.

Ich bin mit den drei Männern vor die Tür und hab zum Simon gesagt, dass ich noch ein wengerl bleiben werd, ein bissel was zum Abendessen richten, eine Suppe aufstellen, weil die Mutter für sowas sicher keinen Kopf hat, aber alle was zum essen brauchen. Grad jetzt, weil Essen Leib und Seele zusammenhält, das hat schon die Großmutter gesagt und die Mizzi sagt das auch immer. Und zu mir nach Haus sind es ja nur die paar Schritt bergab, sonst würd ich mit unserem Wolf ja auch zu Fuß heraufkommen, und den Stock hätt ich eh mit. Und der Sohn könnt mich später holen und nach Siebenstein bringen, zur Betstund.

Ist schon recht, hat der Simon gesagt.

Da hat sich der Herr Kriminalinspektor zum Herrn Doktor umgedreht:

Was war denn das letzte Geschenk an das junge Mädel?

37

Gegessen haben sie kaum was, mehr mit den Löffeln in der Suppe herumgerührt. Nur der Kleine hat einen ganzen Teller leer gegessen, weil ich ihm Sternchen reingetan hab. Ich war froh, wie der Sohn mich holen kommen ist und mich nach Siebenstein rüber zur Betstund gebracht hat. Er ist auf ein Bier zum Wirten gegangen und ich rüber zur Kirche, wo schon ein paar gewartet haben. Einmal in der Woche, am Montag, treffen wir uns, setzen uns in die Kirche und beten zusammen den Rosenkranz. Da denkt man an die Toten und erinnert sich, wie es früher einmal gewesen ist. Man glaubt ja nicht, was einem da alles so einfallt.

Die Wendel-Kathi ist auch schon da gewesen und hat gesagt, dass sie gewusst hat, dass die Thesi sterben wird, weil damals ein Rabe bei ihr ans Fenster geklopft hat. Da hab ich ihr sagen müssen, dass sie sich nicht so deppert stellen soll. Weil an dem Tag, an dem der Herr Pfarrer über die Stiege gefallen ist, das weiß ich noch genau, hat sie gesagt, dass sie weiß, dass er sterben wird, weil der Rabe bei ihr ans Fenster geklopft hat. Und der Herr Pfarrer wär noch immer am Leben, auch wenn es ihm nicht gut gehen würd. Und dass so gesehen immer irgendwo irgendwer sterben würd. Deswegen passt es immer, das mit dem Raben, der an die Scheibe klopft.

Geregnet hat es nicht mehr und man hat rüberschauen können zum Schneeberg, aber die Wolken sind tief gehangen. Es hat nicht so ausgeschaut, als möcht das Wetter schnell besser werden. Aus der Kirche ist ein junger Mann mit einer kurzen Hose und einer Tasche gekommen, die wie eine für einen Tennisschläger ausgeschaut hat.

Grüß Gott, hat er gesagt, und dass er der neue Pfarrer ist. Da hab ich mir das Lachen verbeißen müssen, weil der Wendel-Kathi alles runtergefallen ist. Mit so einem jungen Pfarrer hat keiner gerechnet, und die Kathi hat ihre Felle davonschwimmen sehen, wie die Großmutter gesagt hätt. Beim alten Herrn Pfarrer hat sie ja eine Sonderstellung gehabt. Der hat Wallfahrten nach Mariazell gemacht, wo die Jungfrauen auf den Knien um den Altar herumgerutscht sind. Bis die jungen Menscher nimmer mitgemacht haben, weil es für die jungen Burschen so eine Hetz gewesen ist und sie sie ausgelacht haben. Übrig geblieben ist die alte Wendel-Kathi. Die letzte offizielle Jungfrau von Neiselbach, hat der alte Herr Pfarrer immer gesagt, und darauf hat die Kathi sich was eingebildet.

Aber der junge Herr Pfarrer mit seinem kurzen Tennisslip hat nicht so ausgeschaut, als würd ihn sowas interessieren. Das hat mich für die Thesi und ihre Familie gefreut, weil ich gewusst hab, dass beim Begräbnis dann nicht die Red auf der Thesi ihre Verfehlungen kommen wird. Man hat ja auch gar nicht genau gewusst, was die Thesi gemacht hat, bevor man sie umgebracht hat.

Auf den Tennisplatz zum Goldenen Hirschen geht er, hat der junge Herr Pfarrer gesagt, weil es jetzt kühler wär. Dann hat er uns einen schönen Abend gewünscht. Ich bin beim Eingang vom Friedhof noch einmal stehen geblieben, gleich beim Goldregenbusch. Auf einem Zweig hat eine Amsel leise geschaukelt und oben bei den Wolken hat es so ausgeschaut, als möcht die Sonne doch hervorkommen.

Da hat die Amsel zum jubilieren angefangen, und mir war ganz weh ums Herz, weil die Thesi das nicht mehr hören hat können.

38

Zur Vernehmung in der Dienststelle des Revierinspektors Singer am Dienstag in der Früh erschienen alle vier. Maximilian und Hella, Johannes und Jeanette. Geschlossen, obwohl zu unterschiedlichen Zeiten geladen. Spektakulär waren die Fragen nicht, man wollte lediglich wissen, wie sich die vier am Samstagnachmittag in dem Zeitraum die Zeit vertrieben hatten, in dem Thesi zu Tode gekommen war.

Um Punkt neun Uhr ließ Revierinspektor Singer Maximilian als Ersten eintreten. Dieser hatte auf ländliche Bekleidung verzichtet, erschien städtisch im dunkelgrauen Anzug und erklärte, sich in Wiener Neustadt, am Hauptplatz auf einer Bank sitzend, den Kopf über Politik zerbrochen zu haben. Viele Zeugen hätten ihn gesehen, die Passanten der Fußgängerzone nämlich. Da diese ihm namentlich aber nicht bekannt, konnte er keinen benennen. Es gehöre jedoch nicht zu seinen Gepflogenheiten, junges Dienstpersonal ins Jenseits zu befördern, auch nicht Stiefmütter, die ganze Angelegenheit sei ein Skandal. Überdies sei die Warterei an diesem Vormittag, bis man großartig vorgelassen werde, schikanös.

Er sei für neun Uhr geladen worden, es war kurz nach neun, von Warterei könne keine Rede sein, wies Inspektor Singer ihn zurecht. Überdies würde jeder der noch zu Vernehmenden genau zu der Zeit eingelassen werden, zu der er oder sie geladen. Und jeder, der schon vernommen, müsse die Dienststelle verlassen und draußen auf der Straße warten.

Ob das jetzt heiße, dass er gezwungen sei, stundenlang vor der Türe auf die anderen drei zu warten, man wäre schließlich in einem Auto gekommen.

Dafür fühlte Inspektor Singer sich nicht verantwortlich. Zusammen in einem Auto zu kommen, habe er nicht angeordnet, man sei nicht im Kindergarten, wo sich alle an der Hand halten.

Jetzt wisse er, wie man hier Steuergelder verschwende, wenn man alle vier auf einmal vernommen hätte, hätte man dem Steuerzahler Geld gespart. Maximilian ordnete mit der rechten Hand das spärliche Haar auf seinem Haupt. An oberster Stelle würde er sich beschweren, alles sei von Anfang an verschlampt worden, das liege auf der Hand.

„Lass gut sein!", sagte Inspektor Singer gelangweilt und wies Maximilian den Weg durch die Hintertür. Das, so dachte Patrick Sandor, ennuyierte diesen ganz gehörig.

Bis zur nächsten Vernehmung blieb noch Zeit. Inspektor Singer ließ Kaffee kommen. Vor der Türe saßen die anderen drei und ahnten nicht, dass Maximilian schon entlassen worden war. Und keiner ahnte, dass im Herrenhaus unterdessen eine Hausdurchsuchung stattfand. Müller war mit Inspektor Singers Truppe hinausgefahren.

Punkt zehn wurde Hella mit rötlichem Teint und gelockten Stirnfransen hereingebeten. Über ihren sandfarbenen Rock wischend nahm sie Platz. Die Flecken, die Kinderhände hinterlassen hatten, blieben.

Zur fraglichen Zeit sei sie mit ihren Kindern in einem Erlebnispark gewesen, draußen in der Buckligen Welt. Die Eintrittskarten habe sie weggeworfen, sie kenne auch niemanden, der solches aufbewahren würde. Ja, es habe sie dort jemand gesehen, nämlich ihre eigenen Kinder, und ob man diese jetzt als Zeugen vernehmen würde, Zustände wie in den USA, und ob man ihre Kinder jetzt mit oder ohne Handschellen abholen würde, denn solch einen Bericht habe sie schon im Fernsehen gesehen. Zwar nicht direkt aus Österreich, aber viel fehle nicht. Und man möge doch bitte nicht vergessen, dass die Mordopfer in hohem Maße am eigenen Tod Verantwortung trügen. Charlotte, weil sie immer schon eigen gewesen sei, und Thesi, weil sie es schon immer faustdick hinter den Ohren gehabt habe. Mehr wolle sie zu dem leidigen Thema nicht gesagt haben.

Dann holte Hella Luft und blickte begehrlich auf Inspektor Singers Kaffeetasse.

„Zeitverschwendung!", murmelte Inspektor Singer und wies zur Hintertür.

Zum nächsten Vernehmungstermin um elf Uhr blieb reichlich Zeit. Sandor und Singer kokettierten mit dem Gedanken, Müller im Herrenhaus nach Ergebnissen zu fragen, ließen es jedoch bleiben. Müller war am Morgen übel gelaunt gewesen. Schlecht geschlafen habe er, Gegröle in der Gaststube habe gestört. Er sei hinunter, um Ruhe bitten, und in ein Geburtstagsbesäufnis geraten. Hubertus mit drei Burschen und die obligaten Weißweintrinker. Sechzehn war der junge Mann geworden, endlich, hoffentlich war es dann vorbei mit der allabendlichen Trinkerei. Keine Gesellschaft für einen jungen Mann, die an der Theke im Goldenen Hirschen.

Müllers molestiertes Gesicht und sein derangiertes Privatleben erschienen Sandor als Schlafstörung plausibler.

„Courage! Werden Sie erwachsen, Müller", hatte er gesagt und eine künftige Hochzeit gemeint. Müller nahm ihm das übel. Wohl wissend, dass er recht hatte, davon war Sandor überzeugt.

Er blickte aus dem Fenster. Durchs Fenster der Konditorei vis-à-vis konnte man Maximilian und Hella sehen, die dort Platz genommen hatten. Maximilian referierte mit großen Gesten, Hella stach mit einer Kuchengabel in ihr Tortenstück. Im Freien konnte man nicht sitzen, es nieselte.

Als der Uhrzeiger auf elf Uhr rutschte, ließ Revierinspektor Singer Johannes ein, wie immer mit Bergschuhen und grünem Hemd.

Wenn er gewusst hätte, dass er so lange warten müsse, wäre er gleich in der Früh in den Wald gefahren und später erst gekommen, nämlich um elf Uhr und nicht schon um halb neun, begann Johannes.

Für diese Zeit sei er auch geladen. Wenn er mit jemandem gekommen sei, der für neun bestellt war, sei das sein Problem, stellte Revierinspektor Singer klar.

Johannes Aussage war lächerlich kurz. Bei seinen in die Felsen gekrallten Latschen, oben im Revier, habe er den Nachmittag verbracht. Diese wären seine Zeugen und außerdem zwei Eichelhäher, die von Baum zu Baum geflogen wären und ihm mit heiserem Geschrei Gesellschaft geleistet hätten. Und übrigens sei es eine Schweinerei, wie man seine Frau, die guter Hoffnung war, peinigen würde. Seit Stunden schon warte sie, auf einem harten Sessel sitzend.

„Ich bitt dich, hör auf", sagte Revierinspektor Singer, eine Schwangerschaft in diesem frühen Stadium auch nur zu erwähnen, nenne er unanständig.

Auf ihren Termin musste Jeanette noch eine halbe Stunde warten, Inspektor Singer dachte nicht daran, ihr diese zu erlassen. Stattdessen leerte er den Plastiksack mit Thesis Geschenken auf seinen Tisch. Schminksachen, schwarze Handschuhe, CDs.

Die schwarzen Handschuhe ließen ihm keine Ruhe. So etwas schenkte man einem Mädel wie Thesi nicht als Schweigepfand, zu große schwarze Handschuhe. Und wenn es kein Geschenk war, dann war es ein Indiz, gab er zu bedenken, gehöre gar dem Mörder, der es dann zurückhaben wollte. Aber Thesi habe sie vielleicht nicht herausrücken wollen, war zu dem Treffen ohne Handschuhe erschienen. Der Täter habe dann die Nerven verloren und sie mit Wäscheleinen stranguliert.

Revierinspektor Singer seufzte laut und warf alles in den Sack zurück. Als die Kirchenglocken zwölf Uhr läuteten, öffnete er seine Tür.

Jeanette mit derangiertem rotem Haar trug an diesem Tag nicht Lila, sondern Flieder. Wo denn alle wären, fragte sie sogleich. „In der Konditorei“, sagte Patrick Sandor und zeigte mit dem Finger auf das Haus gegenüber.

Ob das Methode hätte, nur sie hier festzuhalten, während alle bei Kaffee und Kuchen säßen, wo sie doch nichts zu Protokoll zu geben habe, nichts Aufschlussreiches. Außer, dass sie an diesem Nachmittag, am Samstag, über das Leben nachgedacht habe.

Wie so oft, sagte Revierinspektor Singer, auch dieses Mal im Auto sitzend, nehme er an, denn dies sei schon das letzte Mal, als sie über das Leben nachgedacht habe, der Fall gewesen.

Sie könne nichts dafür, sie sei ein sensitiver Mensch mit Hang zum Philosophischen, da läge es auf der Hand, sich mit dem Leben, aber auch dem Tod auseinanderzusetzen, wo auch immer.

Um den Tod gehe es tatsächlich, sagte Revierinspektor Singer, und ob sie sich darauf ein wenig mehr konzentrieren könne, auf den Tod der jungen Thesi und den der Frau Charlotte.

Sie habe von Philosophischem gesprochen nicht von trivialem Mord. Jeanette betrachtete prüfend ihre Fingernägel.

„Dumme Gans“, glaubte Patrick Sandor zu hören, als Revierinspektor Singer Jeanette die Türe aufhielt.

Da begann sein Handy zu klingeln.

39

Schwören hätt ich können, dass die Frau Lisi am Dienstagmorgen zu mir raufschaut, weil sie ein romantisches Gemüt hat und der Tod von der Thesi ihr sicher an die Nieren gegangen ist. Auch wenn sie sie nur ganz kurz gekannt hat. Ich hab sie ins Haus gebeten, draußen war alles nass, nicht einmal die Vögel haben singen mögen. Der Schnürlregen wollt kein End nehmen. Sie hat im Goldenen Hirschen nicht gefrühstückt, weil die Männer es eilig gehabt haben und sie nicht allein bleiben hat wollen. Ich hab ihr für die Haar ein Handtuch zum Trocknen gegeben, weil sie nichts aufgehabt hat. Die Jacken, die ihr zu groß war, hab ich zum Ofen hingehängt. Blass ist sie mir vorkommen. Da hab ich ihr eine Eierspeis mit Schinken gemacht.

Sie weiß nicht, ob das mit der Romantik was Gescheites ist, hat sie gemeint, wie sie mit dem Essen fertig war und ihre Wangen schon ein wengerl eine Farb gehabt haben. Weil, wenn man sich anschaut, was dabei herauskommen kann, vergeht es einem. Die Thesi hat doch wirklich nur lieb gehabt werden wollen.

Das kann man so nicht sagen, hab ich gesagt. Man weiß ja noch immer nicht, ob das Rendezvous von der Thesi sie umbracht hat, oder doch ganz wer anderer. Dann hätt die Romantik damit gar nichts zum tun.

Wenn es nicht das Rendezvous gewesen wär, dann hätt sich der doch melden können und sagen, dass er der Schatz von der Thesi gewesen ist.

Kinderl, hab ich da zu ihr gesagt, das sieht man doch in jedem Krimi im Fernsehen, dass sich da keiner freiwillig melden will.

Ein fescher Mann mit viel Geld und alle hier würden sie nach der Verlobung beneiden, hat die Frau Lisi noch einmal gesagt und trocken aufgeschluchzt. Sie würd jetzt auch nicht wissen, wie das mit dem Müller weitergehen sollt.

Was jetzt der Herr Kriminalinspektor da verloren hätt, wollt ich wissen, der hätt doch mit der Geschichte überhaupt nichts zum tun, außer dass er zu den Guten gehören tät. Und außerdem hätt er sich wegen ihr geschlagen wie ein Held, das hätt sie selber gesagt.

Da hat sie doch wieder lächeln müssen.

Ich könnt mir den Mann noch immer nicht vorstellen, der die Thesi hätt haben wollen, hab ich dann gesagt, weil es mir nicht in den Kopf wollt. Was soll ein gestandenes Mannsbild mit so einem jungen Ding schon großartig anfangen, sogar wenn er nicht reich und fesch ist, was er ja angeblich sein sollt. Und so jemand, der auch noch zum haben ist, rennt in Neiselbach nicht frei herum.

Mein Gott, Mann!, hat da die Frau Lisi gesagt und die Schultern geschupft, was halt die Thesi für einen Mann angeschaut hat, ein Dreißigjähriger wär ihr mit ihre sechzehn sicher schon zu alt vorkommen. Aber so einer wie in dem Heftl, in dem sie zuletzt gelesen hat, *Der Königssohn und seine Braut*, was Junges, das hätt gepasst.

Da hab ich mich setzen müssen, weil es mir wie Schuppen von den Augen gefallen ist. Nur ein Prinz in Neiselbach ist mir eingefallen, und dann hab ich zwei und zwei zusammengezählt.

Was haben Sie denn, hat mich die Frau Lisi gefragt, ich muss ganz komisch ausgeschaut haben. Ich hab nur den Kopf geschüttelt, Ton hab ich gleich keinen rausgebracht.

Und dann, dann bin ich aufgestanden und rüber zum Schrank, einen Zirbenschnaps holen, der Frau

Lisi und mir. Weil mir nicht gut war und ich gewusst hab, wenn sie mich jetzt telefonieren hört, dann ist ihr auch nicht gut.

Den Simon ruf ich an, jetzt gleich, hab ich gesagt und ihr ein großes Stamperl eingeschenkt.

40

Liebe hatte Thesi dieses letzte Mal eingefordert, keinen Lippenstift. Der Preis für die schwarzen Handschuhe, die in der Diele neben der toten Charlotte liegen geblieben waren.

Am Handy war Müller. Hubertus hatte in seinem Computer ein Tagebuch geführt, die Heiratsurkunde des Herrn Grünberg und seiner Mutter in seiner Schreibtischlade versteckt.

Draußen im Herrenhaus läutete dann das Handy von Revierinspektor Singer. Ein Motorradunfall mit tödlichem Ausgang in den Kurven des Piestingstals, am Weg nach Wiener Neustadt.

41

Im Regen haben wir die Thesi zu Grabe getragen und die Mutter hat vor lauter Elend zum schreien angefangen. Sie hat ja an der Tochter, zu der sie nicht lieb gewesen ist, nichts mehr gutmachen können. Und so ungeduldig und schiach, wie sie jetzt mit ihrer Anni ist, glaub ich, macht sie den gleichen Blödsinn wieder. Ich glaub, ich muss in den nächsten Tagen einmal mit ihr reden.

Viele aus Neiselbach sind gekommen, vielleicht sogar alle, die Thesi war ja eine von uns. Am Friedhof hat man vor lauter Regenschirmen kaum die Gräber sehen können. Das hätt ihr sicher gefallen, der Thesi, dass sie einmal so wichtig ist.

Auch der feine Herr Doktor ist gekommen, der Herr Kriminalinspektor und die Frau Lisi, die Seinige. So wie das ausschaut, glaub ich, dass aus den beiden noch was wird. Der Herr Doktor hat sich Sorgen gemacht, sich ein wengerl die Schuld gegeben, dass er das alles nicht früher erkannt hat. Vielleicht hat er gemeint, dass die Thesi dann noch am Leben wär.

Die Mizzi, die hab ich stützen müssen, so sehr hat sie sich gekränkt, und mir sind die ungeweinten Tränen im Hals gesteckt. Die Thesi hat bei der Mizzi eben nicht nur gearbeitet, sondern sie war auch der Mizzi ihr Godelkind. Ich glaub, sie hat das Mädel wirklich lieb gehabt, auch wenn sie so ein dummes Mensch gewesen ist.

Von der Familie von Schwarz ist keiner gekommen.

Am nächsten Tag haben wir den Hubertus begraben. Ein Begräbnis am selben Tag wie das von der Thesi, das hätt nicht gepasst, und dem jungen Herrn Pfarrer ist so eine Idee erst gleich gar nicht gekommen. Da hat es noch immer geregnet, als möcht der Himmel sich kränken darüber, was alles auf Neiselbach herabgekommen ist.

Im Piestingtal, auf der Straße nach Wiener Neustadt, hat sich der Hubertus mit seinem Motorrad derstessen, grad wie die Durchsuchung im Herrenhaus war. Rutschig war es, weil es genieselt hat an dem Tag. Da ist er hinter einer Kurve unter einen LKW gekommen, wo er doch mit dem Radl auf der Straße nichts verloren gehabt hat. Führerschein hat er ja keinen gehabt. Wo er hin hat wollen, das weiß noch immer keiner. Vielleicht hat er aber auch wollen, dass es so zu Ende geht.

Sechzigmal hat das Zinnglöckerl in Siebenstein für ihn geläutet, für die Kirche ist man mit sechzehn Jahr schon ein Mann.

Es sind nur wenig Leut zum Friedhof gekommen. Die Familie von Schwarz natürlich schon, die Frauen so dunkel verschleiert, dass man die Gesichter gar nicht sehen hat können. Nicht wegen der Trauer, sondern weil sie sich geschämt haben, das glaub ich jedenfalls. Dabei können sie ja nichts dafür. Heut wissen wir, dass der Hubertus ein Komischer gewesen sein muss und dass die Frau Schalott ihn vielleicht deswegen ins Internat hat schicken wollen, damit er wegkommt und unter die Leut. Nur zu spät ist ihr das eingefallen. Aber vielleicht gibt es bald wieder was Kleines im Herrenhaus, das wird man noch sehen, wie das mit dem Herrn Johannes und der Frau Schanätt weitergeht. Das würd der Mizzi guttun. Ganz fest hab ich sie wieder stützen müssen. Sie hat den Hubertus ja praktisch mit aufgezogen, fast wie ein eigenes Kind.

Der Herr Doktor ist auch wieder gekommen.

Frau Apollonia, hat er zu mir bei der Friedhofstür gesagt, ich hätt einen Sechzehnjährigen ernster nehmen sollen, trotz seinem jungen Alter. Und der Schubert hätt ihm auch zu denken geben sollen. Den Komponisten hat er gemeint, weil der Hubertus bei ihm zu Haus auf seiner Geigen ein Lied gespielt hat. Vom Tod und einem Mädchen. Wieso der alte Komponist von dem *Ave Maria* ein Hinweis hätt sein sollen, hab ich nicht verstanden. Aber ich hab halt mit dem Kopf genickt.

Der Herr Kriminalinspektor und die Frau Lisi waren auch wieder da. Das hab ich nett gefunden, bei den wenigen, die gekommen sind, hat das nach ein bissel mehr ausgeschaut.

Im Tagebuch vom Hubertus in seinem Computer, hat man alles nachlesen können, weil heut wirklich jeder jeden Blödsinn da hineinschreibt, sowas kommt dann dabei heraus. Dass die Mutter den Herrn Grünberg heiraten und zurück nach Deutschland will. Das hat sie ja auch getan, nur zurück nach Deutschland ist sie nicht mehr gekommen, weil der Hubertus sie vorher okragelt hat. Nur ihm alleine tät sie gehören und niemand sonst, hat er geschrieben. Und dass er seine Heimat für nichts in dieser Welt verlassen wird. Manchmal tut einem die Liebe nicht gut.

Und dass sich der Hubertus als Herr vom Herrenhaus sieht, überhaupt als Herr von ganz Neiselbach. Und was er über seine beiden Halbbrüder und die Frauen von ihnen geschrieben hat, war auch nicht nett, was man so gehört hat. Vielleicht wär er auf die Idee gekommen und hätt die beiden älteren auch noch weggeräumt, das hätt schon noch passieren können. Wenn man einmal mit dem Morden anfangt, ist das Aufhören gar nicht leicht, davon hab ich schon gehört.

Aber eigentlich hat das mit dem Buben schon sehr viel früher angefangen, anfangen müssen, weil einen

Vogel, den kriegt man nicht von heut auf morgen. Und was allen bei ihm so gut gefallen hat, das Geigenspielen, das war vielleicht gar nicht gut für ihn. Das viele Üben, bei dem man immer für sich bleibt. Und dann gibt es ja auch eine Musik, wo man eine Ganselhaut kriegt. Das ist für einen kleinen Buben vielleicht nicht das Richtige. Und dann ist der Vater ihm früh weggestorben, und seine Mutter, die Heimweh gehabt hat, wie man jetzt erst weiß, die hat sich halt viel zu viel an ihn gehängt, so einsam wie sie war. Sie hat in Neiselbach außer ihrem Buben sonst niemanden gehabt, weil die Familie, die anderen von Schwarz, die haben sie im Herrenhaus nicht haben wollen. Die haben vielleicht nichts gesagt wegen dem Testament vom alten Herrn Eduard von Schwarz, aber man wird die Frau Schalott es schon spüren haben lassen. Dass es nämlich besser gewesen wär, wenn der Herr Eduard und die Frau Schalott sich nie kennengelernt hätten, weil man das Erbe dann nicht mit noch einem hätt teilen müssen. Und noch dazu drauf warten, dass dem seine Mutter bald stirbt. Was weiß man, was die Frau Schalott in ihrem Jammer dem Buben noch für Dummheiten in den Kopf gesetzt hat. Gescheit war er ja und hübsch, viel zu hübsch für einen Buben. Und eins hab ich in meinem langen Leben oft miterlebt. Dass man bei den Schönen nicht so genau hinschaut, ob da was nicht in Ordnung ist, im Kopf meine ich, oder mit ihrer ganzen Art. Hässliche haben es da nicht so leicht. Oft hab ich das schon gehört, dass die Sowieso so eine hübsche Person gewesen ist und der Sowieso so ein fescher Kerl, aber wie die wirklich gewesen sind, innen drinnen, das hat niemanden besonders interessiert. Über Schöne zerbricht man sich nicht so leicht den Kopf, weil das Auge davon abgelenkt wird, so kommt mir das vor.

Ein Platzhirsch ist der Hubertus geworden, da hat der Herr Maximilian schon recht gehabt. Wann das begonnen hat, das hat keiner so richtig sagen können. Und jetzt wär in zwei Jahren dazu auch noch das Geld gekommen, das ererbte, wo er schon jetzt geglaubt hat, dass ihn nichts mehr aufhalten kann. Nicht auszudenken, was ihm da noch alles hätt einfallen können.

Aber einen Fehler hat er doch gemacht. Die Handschuh, die er sonst zum Motocrossfahren angehabt hat, hat er liegen lassen, weil er schon immer ein Schlamperter gewesen ist und die Frau Schalott oft mit ihm schimpfen hat müssen. Hätt er in der Sache zu Lebzeiten mehr auf seine Mutter gehört, wär er vielleicht davongekommen mit dem Mord, weil als Mörder ist er niemandem eingefallen. Die haben nach einem Mann gesucht, nicht nach einem Burschen, der noch keine sechzehn war und noch dazu der Sohn.

No, und da ist ihm die Thesi in die Quere gekommen, weil die die Handschuh gefunden hat, die hat ja immer aufräumen müssen für die Mizzi. Sie wollt von ihm lieb gehabt werden, sonst nichts. Liebhaben müssen ist aber manchem schon zu viel, und die Thesi war zu jung, das zum verstehen. Lippenstifte sind halt doch was anderes. Maria-Theresia von Schwarz, so hätt sie geheißen in ihren Träumen, das hätt ihr gefallen. Manchmal frag ich mich, ob das Mensch überhaupt wirklich verstanden hat, was es mit den Handschuhen so auf sich gehabt hat.

Von sehr vielen „Vielleicht" hab ich jetzt erzählen müssen, weil wissen, wirklich wissen, tun wir nichts. Aber die Zeit, in der wir leben, die mag das gar nicht. Heutzutage muss man für alles eine Erklärung haben, besser noch einen Schuldigen. Wenn heut irgendwo eine Mure oder eine Lawine wo runterkommt oder einer so wird wie der Hubertus, dann brauchen wir gleich einen Schuldigen. Mit Unglück und Leid kann man heut nicht gescheit umgehen, da haben wir Älteren es schon ein wengerl leichter. Wir kommen noch aus einer Zeit, wo man gewusst hat, dass manchmal was passiert, einfach so, und dass man nicht alles erklären kann. Das ist halt einmal so. Und deswegen kann man am Ende eigentlich nur sagen, dass der Hubertus so war, wie er war, aufhalten hätt das keiner können. Es kommt, wie es kommt, hätt die Großmutter gesagt.

Jetzt liegt der Hubertus am Friedhof, nicht weit weg von der Thesi, mit seiner Mutter Schalott im Grab. Bald schon wird man es hören können in Neiselbach, dass das nicht passt, dass ein Mörder mit seinem Opfer zusammenliegt. Bei uns findet sich immer wer, der was zum sagen hat.

Die schöne Frau Schalott, wie ein Rehlein so zart, die Thesi mit den tiefroten Backen und dem blassen Haar und der Hubertus mit den silberblonden Locken und den Augen wie der Himmel so blau, die sind nicht mehr.

Gestern hab ich die Mizzi getroffen. Zusammen gegangen ist sie vor lauter Kummer, ganz schmal geworden im Gesicht, da hat sie mir richtig leidgetan.

An die Großmutter hab ich denken müssen.

Weißt Kinderl, hat sie immer gesagt, schad ist es um die Lebenden, nicht um die Toten.

allweil
immer
anrempeln
anstoßen
antragen
mit etwas aufwarten
aufpudeln, sich
sich wichtig machen
Aufwasch, der, in einem Aufwasch
etwas gleichzeitig erledigen, in einem Zug
ausfratscheln
ausfragen
ausgeschamt
schamlos
auswagonieren
ausbooten
Bangert, der
Kind
Bartel, jemandem zeigen, wo der Bartel den Most holt
jemandem zeigen, wo es langgeht
Budel, die
Schank, Pult
deppert
dumm, blöd
derstessen, sich
sich erschlagen
Frittatensuppe, die
Flädlesuppe
Ganselhaut, die
Gänsehaut
Gfrett, das
Missgeschick, Malheur

Godelkind, das
Patenkind
Gspusi, das
Liebelei, Affäre
Haberer, der
Freund, Kumpane
Habergeiß, die
Dämonengestalt in Form einer Ziege
Hendl, das
Huhn, Hühnchen
herumlanzeln
herumhängen
Hetz, die
Spaß
Holler, der
Hollunder
hopatatschig
ungeschickt, kraftlos
hutschen, jemanden hutschen
schaukeln
Kaffeehäferl, das
Kaffeetasse
Klumpert, das
unnützes Zeug
Kombinesch, die
Unterkleid
Krügel, das
halber Liter Bier
Läpschi, auf Läpschi sein
unterwegs sein, sich herumtreiben
Latsche, die
Bergkiefer
narrisch
verrückt

Nocken, die
kleiner Kloß, dumme Person
okrageln
erwürgen
Pamperletsch, der
kleines Kind
Paradeiser, der
Tomate
Pantscherl, das
Flirt
Pitzlerei, die
mühsame Kleinarbeit
plärren
brüllen, heulen
pritscheln
plantschen, plätschern
Pummerl, das
dickliche Person
ratschen
plaudern
Ribisel, die
Johannisbeere
Schaffel, das, es schüttet wie aus Schaffeln
es regnet sehr stark
schiach, (jemandem ist schiach,
auf jemanden schiach sein)
hässlich, unangenehm (jemandem ist unwohl, auf jemanden wütend sein)
Schinakl, das
Fahrzeug (eigentlich: kleines Boot)
schlampert
unordentlich
Schnackerl, der
Schluckauf

schupfen, die Schultern schupfen
mit den Schultern zucken

Schüppel, das
ein Haufen, eine Menge

Taufgodel
Taufpatin

tschari gehen
kaputt, verloren gehen

tuschen, jemandem eine tuschen
jemandem eine Ohrfeige geben

verkutzen
verschlucken

wascheln
stark regnen

waschelnass
völlig durchnässt

Watschen, die
Ohrfeige

wengerl, ein
ein bisschen, ein wenig

wurlad
schwindelig, durcheinander

zwider
böse, griesgrämig

Ein besonderer Dank gilt meinen Freunden,
die mir mit Rat und Tat zur Seite standen
(in alphabetischer Reihenfolge):

Heidelinde Beilner
Eleonore Biber
Maija Eltz
Edith Kneifl
Yvonne Postl
Christian Schüller
Clementine Skorpil
Maria Verber